जब रावण ने कहा जय श्री राम

कहानी तो आप जानते हैं, पर ये पात्र नहीं

लेखक

डॉ. विरूति शिवन

प्रकाशक

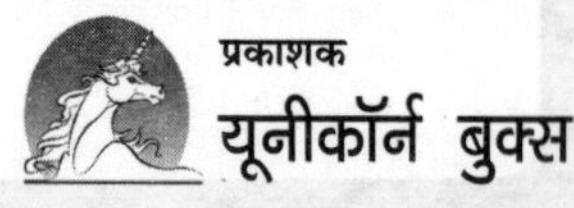

यूनीकॉर्न बुक्स

एफ-2/16, अंसारी रोड, दरियागंज, नई दिल्ली-110002

☎ 23262683, 45644782, 23250704

ई-मेल: info@unicornbooks.in • **वेबसाईट:** www.unicornbooks.in

ISBN 978-81-7806-584-7

जब रावण ने कहा जय श्री राम

संस्करण: 2025

मुद्रक : परम ऑफसेटर्स, ओखला, नई दिल्ली-110020

प्रस्तावना

यह उपन्यास प्राचीन भारतीय महाकाव्य रामायण के पात्रों और घटनाओं को पुनर्कल्पित और पुनःप्रस्तुत करने का एक विनम्र प्रयास है। कथा, संवाद, और परिस्थितियाँ रामायण के विभिन्न संस्करणों की व्याख्या के विविध रूप हैं और यह मूल ग्रंथों या ऐतिहासिक तथ्यों के प्रति सटीक प्रतिनिधित्व का उद्देश्य नहीं रखती हैं। इस उपन्यास का उद्देश्य सदाचार और धर्म के प्रतीक भगवान श्री राम की शाश्वत महिमा को उजागर करना है। जबकि कुछ आधुनिक व्याख्याएँ रावण को एक महान और कुलीन व्यक्ति के रूप में प्रस्तुत कर सकती हैं, यह कार्य उनके चरित्र की पारंपरिक समझ को पुनर्स्थापित करने का प्रयास करता है। रावण, अपने ज्ञान और शक्ति के होते हुए भी, अंततः अपने अहंकार और इच्छाओं के कारण पथभ्रष्ट हो गया, और महाकाव्य में चित्रित उसके कार्यों के परिणामों को समझना महत्वपूर्ण है। इस यात्रा में मेरे साथ सम्मिलित होने के लिए धन्यवाद। अतीत के पाठ हमारा मार्गदर्शन और हमारे पथ को आलोकित करते रहें।

डॉ विरूति सत्यन शिवन

v.s.shivan@gmail.com

"सत्मार्ग कठिन होता है, परंतु वही एकमात्र मार्ग है
जिस पर चलना सार्थक है।"

— श्री राम

विषय-सूची

यदि आप रामायण की मूलभूत कहानी से परिचित हैं,

तो अध्याय 2 पर जाएँ।

1

महाकाव्य का संक्षिप्त पुनरावलोकन

भगवान विष्णु की दिव्य आवाज़ ब्रह्मांड में गूंज उठी। यह वह आवाज़ थी जिसने सृष्टि के हर कण में धर्म का संचार कर दिया। "जब-जब इस धरती पर पाप, अहंकार, और अधर्म बढ़ेगा, तो उसका विनाश कर धर्म की स्थापना करने, मैं अवश्य अवतार लेता रहूंगा।" इस आकाशवाणी ने एक नए युग के आरंभ का संकेत दिया।

महल के भीतर, राजा दशरथ अपने तीनों रानियों के साथ गुरु वशिष्ठ के सामने खड़े थे। उनकी आंखों में विनम्रता और हृदय में भारी उदासी थी। संतान सुख से वंचित रहने का दुख उनके चेहरे पर साफ झलक रहा था। राजा दशरथ ने हाथ जोड़कर गुरु वशिष्ठ से कहा, "मैं संतान सुख से वंचित हूं, गुरु वशिष्ठ।"

गुरु वशिष्ठ, जिनके चेहरे पर शांति और करुणा थी, ने आशीर्वाद की मुद्रा में अपना हाथ उठाया और बोले, "पुत्रकामेष्टि यज्ञ करो, राजा दशरथ।" गुरु वशिष्ठ ने राजा दशरथ को एक नई आशा दी। वे अब यज्ञ की तैयारी में जुट गए थे।

यज्ञ की अग्नि के सामने गुरु वशिष्ठ बैठे थे, मंत्रों का उच्चारण कर रहे थे। राजा दशरथ उनके सामने बैठे थे, और उनके साथ उनकी तीनों रानियाँ

भी थीं। जैसे ही यज्ञ पूरा हुआ, आकाश से दिव्य बच्चे एक-एक करके अवतरित हुए। गुरु वशिष्ठ का चेहरा आशीर्वाद और प्रसन्नता से दमक उठा। उन्होंने घोषणा की, "रानी सुमित्रा के पुत्र होंगे लक्ष्मण और शत्रुघ्न। कैकेयी के पुत्र होंगे भरत। और कौशल्या के राम।"

समय बीत गया, और राजा दशरथ अपने युवा पुत्रों राम और लक्ष्मण को ब्रह्मर्षि विश्वामित्र के पास ले गए। उन्होंने गंभीरता से कहा, "आज से युवा अवस्था तक तुम दोनों ब्रह्मर्षि विश्वामित्र के गुरुकुल में रहोगे और वेदों और शास्त्रों का ज्ञान लोगे।" यह वह समय था जब राम और लक्ष्मण ने अपने जीवन की शिक्षा का प्रारंभ किया था।

राम अपने धनुष और बाण से अभ्यास कर रहे थे, और लक्ष्मण वेदों का अध्ययन करने में लीन थे। तभी ब्रह्मर्षि विश्वामित्र राम के पास आए और उन्हें बताया, "मिथिलानरेश राजा जनक ने अपनी पुत्री के लिए स्वयंवर रखा है।" यह सुनकर राम ने वहां जाने का निर्णय लिया।

मिथिला पहुंचकर, राम और दो अन्य राजकुमार एक बड़े और भारी धनुष के सामने खड़े थे, जो कि एक ऊंचे मंच पर रखा गया था। राजा जनक ने वहां उपस्थित सभी को देखा और घोषणा की, "जो भी इस शिव धनुष को उठाएगा, वह मेरी पुत्री सीता का वर होगा।"

दोनों प्रतिद्वंदी राजकुमारों ने धनुष उठाने की कोशिश की, लेकिन असफल रहे। राम ने आसानी से धनुष उठाया, प्रत्यंचा चढ़ाई, और जब उन्होंने उसे खींचा तो धनुष टूट गया। भीड़ तालियों की गड़गड़ाहट से गूंज उठी।

सीता, जिन्होंने अपने जीवन साथी का चयन कर लिया था, राम के पास आईं। उन्होंने अपने हाथ में दो वरमाला लीं और दोनों ने एक-दूसरे के गले में माला डाल दी। सीता ने मुस्कुराते हुए कहा, "राम के सिया और सिया के राम।" यह वचन उनके मिलन का प्रतीक बन गया।

अयोध्या में, राजा दशरथ ने राम और सीता को आशीर्वाद दिया। लक्ष्मण भी वहां खड़े थे, उनकी आंखों में गर्व और स्नेह था। इस पूरे दृश्य को मंथरा, जो कि एक कुबड़ी सेविका थी, चुपचाप देख और सुन रही थी। राजा दशरथ ने राम से कहा, "राम, तुम ही मेरे उत्तराधिकारी बनोगे।" यह घोषणा सुनकर मंथरा ने अपनी चाल चलने का निश्चय किया।

रानी कैकेयी, जो एक सिंहासन पर बैठी अंगूर खा रही थीं, अनभिज्ञ थीं कि यह समाचार उनके जीवन में एक तूफान ला सकता है। मंथरा आई, ज़मीन पर बैठ गई और रानी के पैरों की मालिश करते हुए धीरे से कहा, "रानी कैकेयी, आपने सुना? राजा दशरथ आपके पुत्र भरत को नहीं, बल्कि राम को राजा बना रहे हैं।"

कैकेयी चौंक गईं और तुरंत खड़ी हो गईं। उन्होंने आश्चर्यचकित होकर मंथरा से पूछा, "क्या कह रही हो मंथरा?" यह खबर उनके लिए आकाश से गिरे वज्र के समान थी। वह तेज़ी से महल के भीतर चली गईं, और एक नई योजना बनाने लगीं।

राजा दशरथ अपने सिंहासन पर बैठे हुए रो रहे थे। उनके हृदय में गहरे दुख का सागर उमड़ रहा था। कैकेयी ने राम की ओर इशारा करते हुए

कहा, "अपना वचन पूरा करो महाराज। भरत को राज दो और राम को चौदह वर्ष का वनवास।" यह आदेश सुनकर राम ने अपने हाथ जोड़ लिए और चुपचाप महल से विदा ले ली।

दशरथ का हृदय भारी हो गया था। राम, सीता और लक्ष्मण साधारण वस्त्रों में उनके सामने खड़े थे। राम ने दशरथ से कहा, "पिताजी, मैं जा रहा हूं। सीता और लक्ष्मण भी मेरे साथ आना चाहते हैं।" और फिर, राम, सीता, और लक्ष्मण ने अयोध्या छोड़ दी। उनके जाने के बाद, राजा दशरथ शोक से धराशायी हो गए।

वन के मार्ग पर, राम, सीता, और लक्ष्मण पैदल चल रहे थे। अचानक, भरत और शत्रुघ्न उन्हें रोकने आए। भरत ने राम से कहा, "भैया, आप ही अयोध्या के राजा हो।" राम ने मुस्कुराते हुए उत्तर दिया, "रघुकुल रीत सदा चली आई, प्राण जाए पर वचन न जाए।" भरत ने राम की चप्पलें उठाईं, उन्हें अपने सिर पर रखा, और शत्रुघ्न के साथ वापस चले गए।

राम, सीता, और लक्ष्मण के सामने एक कुटिया थी। सीता ने कहा, "हम पंचवटी में ही रहेंगे।"

वन में, राम, सीता और लक्ष्मण अपने दैनिक कार्यों में लगे हुए थे। तभी, शूर्पणखा आई और राम की ओर आकर्षित हो गई। उसने राम से विवाह का प्रस्ताव रखा, लेकिन राम ने उसे लक्ष्मण की ओर भेज दिया। लक्ष्मण ने उसे वापस राम की ओर भेजा, और राम ने हाथ जोड़कर संकेत किया कि वह पहले से ही सीता के साथ विवाह कर चुके हैं।

शूर्पणखा ने गुस्से में आकर सीता पर हमला करने की कोशिश की और कहा, "राम मेरा है, सीता को मैं मार डालूंगी।" लक्ष्मण ने तुरंत हस्तक्षेप किया और शूर्पणखा की नाक काट दी। घायल शूर्पणखा रोती हुई अपने भाई रावण के पास पहुंची।

रावण अपने दरबार में बैठा था जब शूर्पणखा खून से लथपथ नाक के साथ वहां आई। रावण ने उसे सांत्वना देते हुए कहा, "शूर्पणखा, उसने तुम्हारी सुंदरता छीनी है, मैं उससे उसकी सीता छीन लूंगा।" यह प्रतिशोध की शुरुआत थी।

एक दिन, जब राम, सीता, और लक्ष्मण वन में अपने कार्यों में व्यस्त थे, तब सीता ने एक सुनहरे हिरण को देखा। उन्होंने राम से कहा, "स्वामी, मेरे लिए वह स्वर्ण मृग ले आओ।" राम ने बिना किसी संदेह के हिरण का पीछा करना शुरू कर दिया। वे दोनों जंगल में गायब हो गए।

सीता, राम के वापस न लौटने पर चिंतित हो गईं और उन्होंने लक्ष्मण से कहा कि वह उनकी मदद के लिए जाएं। लक्ष्मण ने पहले तो मना किया, लेकिन फिर सीता की ज़िद पर राज़ी हो गए। उन्होंने सीता की सुरक्षा के लिए एक रेखा खींची और कहा, "माता, यह लक्ष्मण रेखा कभी न पार करना।" लक्ष्मण भी जंगल की ओर चल पड़े।

रावण साधु के वेश में सीता के सामने आया, परन्तु वह लक्ष्मण रेखा पार नहीं कर सका। उसने सीता का ध्यान आकर्षित करने के लिए अपना डंडा ज़मीन पर मारा। सीता ने उसे देखा और अंदर चली गईं। फिर वह

वापस आईं और लक्ष्मण रेखा के पास खड़ी होकर साधु को भेंट देने की कोशिश की। रावण ने उसे रेखा पार करने का संकेत दिया। जैसे ही सीता ने रेखा पार की, रावण ने उन पर मंत्रों का उच्चारण किया — "ॐ ऐं ह्रीं क्लीं स्वाहा।" सीता सम्मोहित हो गईं और रावण के पीछे-पीछे चल पड़ीं। रावण ने उन्हें अपने पुष्पक विमान में बैठा लिया और उड़ चला।

जब राम और लक्ष्मण कुटिया में वापस आए, तो उन्होंने सीता को वहां न पाकर आवाज़ लगाई, "सिते! सिते!" लेकिन सीता का कोई जवाब नहीं मिला। फिर उन्होंने पदचिन्हो का पीछा किया।

रावण अपने पुष्पक विमान में सवार था, और सीता पीछे बैठी थीं। रावण के हाथ में एक बड़ा तलवार भी था। रास्ते में जटायू, एक गिद्ध, ने रावण को रोकने की कोशिश की और कहा, "जटायू के जीवित रहते तुम आगे नहीं जा सकते रावण।" रावण ने बेपरवाही से उत्तर दिया, "जैसे तुम्हारी इच्छा।" और एक ही वार में जटायू को मार डाला।

राम और लक्ष्मण, घायल जटायू के पास पहुंचे। जटायू ने अंतिम सांस लेते हुए बताया, "लंकेश महासुर रावण सीता मइया का अपहरण करके ले गया है।" राम ने अपने वस्त्र का टुकड़ा जटायू के शरीर पर बांध दिया और आगे बढ़ गए।

वन में, हनुमान साधु के वेश में ध्यान कर रहे थे। राम और लक्ष्मण उनके पास पहुंचे। हनुमान ने राम को देखकर अपने साधु वस्त्र फेंक दिए और उनके चरणों में गिर गए। उन्होंने श्रद्धा से कहा, "मेरे राम आ गए।" राम

ने गंभीरता से कहा, "मैं रावण से युद्ध करने जा रहा हूँ।" हनुमान ने उन्हें लंका का रास्ता दिखाया।

इसी बीच, सुग्रीव और बाली में घमासान युद्ध हो रहा था। बाली सुग्रीव पर भारी पड़ रहा था। हनुमान ने राम से प्रार्थना की, "प्रभु, वानर-राज सुग्रीव को बाली से न्याय दिलाइए।" राम ने बिना विलंब के अपना धनुष उठाया और बाली की पीठ पर तीर चला दिया। बाली वहीं मारा गया। सुग्रीव ने राम के चरणों में गिरकर कृतज्ञता प्रकट की और उसकी वानर सेना भी उनकी जयकार करने लगी। "जय श्री राम!" उन्होंने कहा।

राम, लक्ष्मण और हनुमान समुद्र के किनारे पहुंचे। राम ने हनुमान को एक अंगूठी दी और कहा, "हनुमान, लंका जाओ और सीता से कहो कि मैं आ रहा हूं।" हनुमान एक ही छलांग में समुद्र पार कर गए और लंका पहुंचे।

लंका में, सीता एक पेड़ के नीचे बैठी थीं, जब हनुमान उनके पास पहुंचे। उन्होंने राम की अंगूठी उन्हें दिखाई। सीता ने बदले में अपनी चूड़ामणि दी और प्रार्थना की, "मेरी रक्षा करो राम जी।"

हनुमान ने वहां कुछ पेड़ों को उखाड़कर फलों का सेवन किया, जिससे लंका के सैनिकों का ध्यान उनकी ओर गया। मेघनाथ ने हनुमान पर एक जादुई जाल फेंका, जिससे वह बंध गए।

हनुमान को बंदी बनाकर रावण के दरबार में लाया गया। रावण ने मेघनाथ को संकेत दिया कि वह हनुमान को मार डाले, लेकिन विभीषण

ने रोका, "ठहरो! ये दूत है और इसकी हत्या धर्म के विरुद्ध है।" रावण ने क्रोधित होकर आदेश दिया, "मेघनाथ, इस वानर की पूंछ में आग लगा दो।" मेघनाथ ने तुरंत आदेश का पालन किया, लेकिन हनुमान ने अपनी जलती हुई पूंछ का उपयोग पूरे लंका को आग लगाने के लिए किया।

जब हनुमान समुद्र पार करके वापस राम के पास पहुंचे, तो उन्होंने राम के चरणों में गिरकर सीता की चूड़ामणि दिखाई। राम ने आदेश दिया, "नल और नील से कहो कि समुद्र के ऊपर सेतु का निर्माण करें।"

रावण अपने दरबार में अपने शान और ऐश्वर्य के साथ बैठा हुआ था, लेकिन उसके चेहरे पर गहरी चिंता और क्रोध की रेखाएँ साफ झलक रही थीं। विभीषण, जो उसका छोटा भाई था और सदैव धर्म के मार्ग पर चलने का प्रयास करता था, खड़ा हुआ और बड़े ही विनम्रता से बोला, "श्री राम को सीता लौटा दीजिए भैया।" उसकी आवाज़ में अपने भाई के प्रति प्रेम और सत्य के लिए आग्रह था। लेकिन रावण, जो अहंकार में अंधा हो चुका था, उसे कायर कहकर दुत्कारते हुए बोला, "तुम कायर हो विभीषण, निकल जाओ मेरे महल से।" विभीषण के लिए यह अपमान का क्षण था, लेकिन उसने संयम बनाए रखा। उसने चुपचाप अपने भाई का दरबार छोड़ दिया और राम की शरण में जाने का निश्चय किया।

इसी दौरान, नल और नील, जो राम की सेना के प्रमुख योद्धा थे, समुद्र पर सेतु का निर्माण करने का प्रयास कर रहे थे। लेकिन जितने भी पत्थर वे समुद्र में डालते, वे डूब जाते। इस विफलता से निराश होते हुए, नल ने

नील से कहा, "श्री राम का नाम जपने से जीवन सफल हो जाता है और श्री राम का नाम लिखने से हर कार्य सफल हो जाता है।" इस विचार ने उनके मन में एक नई आशा जगा दी। उन्होंने हर पत्थर पर 'श्री राम' लिखना शुरू किया, और आश्चर्यजनक रूप से पत्थर तैरने लगे। इस प्रकार, उन्होंने सफलतापूर्वक समुद्र पर सेतु का निर्माण किया, जो राम और उनकी सेना को लंका तक पहुंचने का मार्ग प्रदान करने वाला था।

सेतु का निर्माण पूरा होने के बाद, राम और उनकी सेना सेतु के आरंभ में खड़ी हो गई। विभीषण, जो अब राम के शरणागत थे, हाथ जोड़कर सेतु को पार कर आए और राम के चरणों में गिर पड़े। "मुझे अपनी शरण में ले लीजिए राम," विभीषण ने श्रद्धा से कहा। राम ने उन्हें गले लगाकर स्वीकार किया और फिर सभी ने सेतु को पार किया, लंका की ओर बढ़ते हुए।

लंका में, राम और लक्ष्मण अपनी सेना के साथ एक कोने पर खड़े हुए थे, जबकि दूसरी ओर से मेघनाथ अपनी सेना के साथ आया। दोनों ओर से सेनाएं युद्ध के लिए तैयार हो गईं। लक्ष्मण और मेघनाथ आगे बढ़े और आमने-सामने खड़े हो गए। लक्ष्मण ने अपना धनुष निकाला और मेघनाथ का सामना करने के लिए तैयार हो गए। वातावरण अचानक बदलने लगा, चारों ओर एक भयंकर तूफान सा उठने लगा। सभी योद्धा पीछे हट गए, सिवाय लक्ष्मण के। मेघनाथ अचानक अलग-अलग दिशाओं से प्रकट हुआ और फिर गायब हो गया। लक्ष्मण के लिए उस पर निशाना लगाना असंभव हो गया था।

मेघनाथ ने लक्ष्मण को चुनौती देते हुए कहा, "तुम मुझसे क्या युद्ध करोगे लक्ष्मण, मैं तो इंद्र से भी जीत चुका हूँ।" यह कहकर वह फिर से गायब हो गया और लक्ष्मण को चकमा देने लगा। लक्ष्मण ने धैर्य बनाए रखा और अपने धनुष को एक दिशा में साधा। मेघनाथ ने आत्मविश्वास के साथ लक्ष्मण के पीछे से आकर उन पर हमला किया। जैसे ही लक्ष्मण मुड़े, मेघनाथ ने एक खंजर उनके सीने में घोंप दिया और उन्हें जमीन पर धकेल दिया। लक्ष्मण घायल होकर गिर पड़े, और मेघनाथ वहां से चला गया।

राम और उनकी सेना लक्ष्मण के पास पहुंचे। राम ने लक्ष्मण का सिर अपनी गोद में रखा और उनकी दशा देखकर आंसू बहाने लगे। यह दृश्य हृदयविदारक था, लेकिन राम ने खुद को संभाला। विभीषण, जो मेघनाथ की शक्तियों को अच्छी तरह जानते थे, हनुमान से बोले, "मेघनाथ के इंद्रजाल अस्त्र का एक ही तोड़ है, संजीवनी बूटी।" यह सुनते ही हनुमान ने एक पल भी गंवाए बिना तुरंत संजीवनी बूटी की खोज में हिमालय की ओर छलांग लगाई।

हनुमान ने हिमालय पहुंचकर उस पहाड़ को देखा जहां संजीवनी बूटी थी, लेकिन वह उसे पहचान नहीं पाए। उन्होंने बुद्धिमानी दिखाते हुए पूरे पहाड़ को ही उखाड़ लिया और अपने कंधों पर उठाकर वापस राम की ओर चल पड़े। "संजीवनी को पहचानना मेरे बस की बात नहीं है। जो मेरे बस में है, वह करता हूँ," हनुमान ने कहा।

राम, जिनकी गोद में लक्ष्मण थे, और उनकी सेना ने वहीं प्रतीक्षा की। हनुमान पहाड़ के साथ वापस पहुंचे, और विभीषण ने संजीवनी बूटी को लक्ष्मण पर लगाया। संजीवनी के चमत्कार से लक्ष्मण ने फिर से होश में आकर आँखें खोलीं। यह देखकर राम ने राहत की सांस ली और बोले, "यदि तुम्हें कुछ हो जाता तो मैं माता सुमित्रा और उर्मिला को क्या मुख दिखाता।" इसके बाद, राम लक्ष्मण को आराम करने के लिए ले गए, ताकि वह फिर से युद्ध के लिए तैयार हो सकें।

राम की सेना ने रावण की सेना पर जोरदार हमला किया। वानर सेना बड़ी तेजी से आगे बढ़ रही थी और विजय की ओर अग्रसर थी। तभी, रावण का विशालकाय भाई कुम्भकर्ण अपनी भारी गदा के साथ युद्धभूमि में आया। उसने आते ही वानर सेना को बड़ी आसानी से पराजित करना शुरू कर दिया।

कुम्भकर्ण ने राम के सामने हाथ जोड़ते हुए कहा, "श्री राम, मैं कुम्भकर्ण अपने भाई रावण का साथ देने के लिए बाध्य हूँ।" इसके बाद, उसने अपनी गदा को युद्ध के लिए तैयार किया। राम ने तीरों की बौछार शुरू कर दी, लेकिन कुम्भकर्ण ने अपनी गदा से उन सभी तीरों को रोक दिया। अंततः राम ने अपना दिव्य बाण निकाला, उसे शक्ति से भरकर कुम्भकर्ण पर चलाया, और उसे मार गिराया।

लक्ष्मण, जो अब पूरी तरह से स्वस्थ थे, युद्ध के लिए फिर से तैयार हो गए। विभीषण ने लक्ष्मण को बताया, "यदि निकुम्बला देवी की पूजा पूरी हो गई

तो मेघनाथ को कोई पराजित नहीं कर सकता।" विभीषण ने लक्ष्मण को वह स्थान दिखाया जहां मेघनाथ देवी निकुम्बला की पूजा कर रहा था।

मेघनाथ देवी निकुम्बला की विशाल मूर्ति के सामने बैठा अनुष्ठान कर रहा था। लक्ष्मण ने वहां पहुंचकर पूजा को बाधित किया और घोषणा की, "आज तेरी मृत्यु निश्चित है, इंद्रजीत।" लक्ष्मण ने मेघनाथ की ओर अपना तीर साधा, लेकिन मेघनाथ खड़ा होकर अचानक गायब हो गया। वातावरण में फिर से बदलाव आया, और मेघनाथ अलग-अलग दिशाओं से प्रकट होने लगा। लक्ष्मण ने दिव्य बाण को शक्ति से भरकर एक ही तीर चलाया। जैसे ही तीर एक मेघनाथ को लगा, बाकी सब गायब हो गए, और मेघनाथ वहीं पर मारा गया। वातावरण सामान्य हो गया, और युद्धभूमि में राम की सेना की जयकार गूंज उठी।

अब अंतिम मुकाबला राम और रावण के बीच होना था। राम और रावण दोनों आमने-सामने आ गए। रावण ने अपनी दुष्ट हंसी के साथ राम को चुनौती दी, "राम, तुम्हारे वंश का विनाश आज मेरे हाथों लिखा है।" राम ने अपने बाणों की वर्षा शुरू कर दी, लेकिन रावण ने उन सभी बाणों को हंसते हुए विफल कर दिया। राम की सेना के वानर एक-एक करके रावण पर हमला करने लगे, लेकिन रावण ने अपनी शक्तिशाली तलवार के एक ही वार से उन्हें मार डाला। यह देख राम आश्चर्यचकित रह गए।

विभीषण, जो रावण के सभी रहस्यों को जानते थे, राम के पास आए और बोले, "रावण का जीवन अमृत उसकी नाभि में छुपा है। अपना ब्रह्मास्त्र

चलाइए प्रभु।" विभीषण की यह जानकारी सुनकर राम ने अंतिम उपाय के रूप में ब्रह्मास्त्र का संधान करने का निश्चय किया।

राम अपने घुटनों पर बैठकर तीर को शक्ति से भरने लगे। रावण की हंसी और तेज हो गई, और उसकी सेना की गूंजती हुई जयकार के बीच, राम ने अपने बाण को रावण की नाभि की ओर लक्षित किया। वातावरण में गहरी चुप्पी छा गई, आकाश में बिजली की गर्जना हुई, और राम ने ब्रह्मास्त्र छोड़ा। "धर्म की विजय हो और अधर्म का नाश हो," राम ने अभिप्राय किया। तीर सीधा रावण की नाभि पर लगा, और रावण चीखते हुए धराशायी हो गया। जैसे ही वह गिरा, उसकी मृत्यु हो गई।

लंका के आकाश में राम की विजय की जयकार गूंज उठी — "जय श्री राम! जय-जय श्री राम!" यह धर्म की अधर्म पर विजय, सच्चाई की असत्य पर जीत, और भक्ति की अहंकार पर विजय का प्रतीक था। राम के नेतृत्व में धर्म की पुनर्स्थापना हुई और अधर्म का अंत हो गया।

"अब, कहानी धर्म और सत्य की अनंत विरासत
के साथ आगे बढ़ती है।"

रावण की जागृति और देवादिदेव महादेव

2

रावण की जागृति और देवादिदेव महादेव

रावण अपने विशाल और भयावह रूप के बिना, जैसे कि उसे उसके अंतिम समय में देखा गया था, मृत अवस्था में लेटा हुआ था। उसके नाभि क्षेत्र पर एक बड़ा बाण खड़ा था, जो उसकी मृत्यु का कारण बना था। उसके सामने की ओर नौ मिट्टी के घड़े एक कतार में रखे हुए थे, प्रत्येक घड़े पर एक कपड़ा ढका हुआ था।

अचानक, रावण की आँखें खुल गईं। उसने धीरे-धीरे खुद को उठाया और खड़ा हो गया। उसके चेहरे पर एक अजीब सी उलझन थी, मानो वह किसी अज्ञात स्थान में हो। चारों ओर नजरें घुमाने के बाद, उसकी नजर अचानक अपने नाभि से गुजरते हुए बाण पर पड़ी। उसे देखते ही उसने बाण को अपने हाथों से पकड़कर निकालने की कोशिश की और थोड़ी मशक्कत के बाद, बाण को निकाल ही लिया।

रावण ने बाण को हाथ में लेकर ध्यान से देखा। "ब्रह्मास्त्र, हाँ!" उसने बाण की शक्ति को समझते हुए कहा। इसके बाद, उसने अपने शक्तिशाली जांघों पर बाण को तोड़ दिया और उसे दूर फेंक दिया।

"चलो, यह जन्म भी समाप्त हुआ," रावण ने एक हल्की मुस्कान के साथ खुद से कहा।

फिर वह इधर-उधर टहलने लगा, उसके मन में कई प्रश्न उठ रहे थे। "महादेव! आप कहां हैं महादेव?" उसने चारों ओर देखते हुए पुकारा, लेकिन कोई उत्तर नहीं मिला।

रावण ने हाथ जोड़कर खड़े होते हुए विनम्रतापूर्वक कहा, "दर्शन दें महादेव? आप ही तो मृत्यु के देवता हैं। देहांत के पश्चात सभी आत्माओं को आप ही के पास आना होता है। मेरा जीवन भी पूर्ण हुआ, अब मुझे भी मोक्ष प्रदान करें महादेव।"

फिर भी कोई उत्तर नहीं आया। रावण का धैर्य अब टूटने लगा था। "विलंब न करें महादेव। अपने इस परम-भक्त को अपने अंश में समा लीजिए भगवान," उसने एक बार फिर पुकारा, लेकिन अब भी कोई जवाब नहीं आया।

रावण ने अपनी आवाज़ को और ऊँचा करते हुए कहा, "ब्रह्मा निर्माता हैं, विष्णु संरक्षक हैं, और आप विनाश के देवता हैं महादेव। मेरे विनाश के रचयिता भी आप ही हो, और यह मेरा सौभाग्य है कि आपने अपने द्वार मुझे इतने शीघ्र बुला लिया।"

चारों ओर अभी भी सन्नाटा था। रावण अब निःसहाय महसूस कर रहा था। "महादेव, जब भी कहीं रुद्राभिषेक होता है, मैं वहाँ आपका एक दास बनकर पहुँच जाता हूँ। चाहे कोई मुझसे मेरी पराजय भी माँग ले, मैं तथास्तु ही कहता हूँ। आप ही हो जो इस जीवन-मरण के चक्र से सबको मुक्त कर सकते हो। कृपया अब देरी न करें महादेव, मुझे भी मुक्ति दे दें।"

जब फिर भी कोई उत्तर नहीं मिला, तो रावण ने अपना सिर झुकाकर कहा, "मैंने जीवन भर आपकी भक्ति की। आपकी ही रुद्र वीणा बजाई। आपके ही तांडव स्तोत्र रचे। अब मृत्यु के पश्चात भी मैं आप ही का दर्शनाभिलाषी हूँ। मेरे जीवन समर्पण के फलस्वरूप मुझे मोक्ष प्रदान करें महादेव।"

फिर भी कोई आवाज़ नहीं आई। रावण ने धीमी आवाज़ में कहा, "महादेव, आपने ही मुझे मेरा नाम दिया, मेरे अस्त्र दिए, मेरी शक्तियाँ दीं..."

अचानक, कुछ याद आया, जैसे किसी पुरानी स्मृति ने उसे झकझोर दिया हो।

"और आपने ही मुझे वह बीज मंत्र दिया जिससे मैं आपको कभी भी बुला सकता हूँ। कृपया मेरी यह प्रार्थना स्वीकार करें महादेव।"

रावण ने अपने हाथ फैलाए और मंत्र का उच्चारण शुरू किया। "ॐ नमः शिवाय! ॐ नमः शिवाय!"

अचानक, उसकी आवाज़ तेज और उग्र हो गई।

"कराचरण कृतं वाक्कायजं कर्मजं वा, श्रवणनयनजं वा मानसं
वपराधं। विहितमविहितं वा सर्वमेतत्क्षमस्व,
जय जय करुणाब्धे श्रीमहादेव शंभो।"

(जो भी पाप मैंने अपने हाथों, पैरों, वाणी, शरीर, कर्म, कान, आँख या मन से किए हैं, चाहे वे स्वीकृत हों या अस्वीकृत, कृपया उन्हें सब क्षमा करें। जय हो, जय हो, हे करुणा के सागर, हे महादेव, हे शंभो)

रावण की आवाज़ और भी तीव्र हो गई।

"कराचरण कृतं वाक्कायजं कर्मजं वा, श्रवणनयनजं वा मानसं वपराधं। विहितमविहितं वा सर्वमेतत्क्षमस्व, जय जय करुणाब्धे श्रीमहादेव शंभो।"

रावण अपनी पूरी ताकत के साथ मंत्र का जाप करता रहा और अंततः अपने घुटनों के बल गिर गया। उसकी आवाज़ धीरे-धीरे मद्धम होने लगी,

"कराचरण कृतं वाक्कायजं कर्मजं वा, श्रवणनयनजं वा मानसं वपराधं। विहितमविहितं वा सर्वमेतत्क्षमस्व, जय जय करुणाब्धे श्रीमहादेव शंभो। जय जय करुणाब्धे श्रीमहादेव शंभो। जय जय करुणाब्धे श्रीमहादेव शंभो।"

रावण ने अपना सिर झुका लिया और चारों ओर निःशब्दता छा गई।

अचानक, एक गहरी और गंभीर आवाज़ गूँजी, "रावण!"

रावण ने उत्साहपूर्वक अपने हाथ जोड़ लिए और उस दिशा में देखने लगा जहाँ से आवाज़ आ रही थी। "महादेव?" उसने उत्सुकता से कहा।

वह उत्तर की प्रतीक्षा करने लगा।

फिर वही गहरी आवाज़ सुनाई दी, "हाँ रावण। तुम्हारी प्रार्थना स्वीकार कर मैं तुम्हारे निकट आ गया हूँ।"

रावण की आँखों में अपार खुशी झलक उठी। "मेरी तपस्या सफल हुई जो आप मुझसे मिलने आए महादेव। किंतु आप कहाँ हैं भगवान, मैं

आपको देख नहीं पा रहा।"

महादेव की आवाज़ पुनः गूँजी, "मरणोपरांत आत्मा की शुद्धि तक तुम केवल मेरी वाणी ही सुन सकते हो।"

रावण ने दुखी होकर कहा, "नहीं महादेव, मुझे दर्शन दीजिए। आपको एक क्षण भर देखने के लिए मुझे युगों-युगों तक नरक भोगना स्वीकार है।"

महादेव की आवाज़ में एक शांत दृढ़ता थी, "मैं सृष्टि के नियमों के विरुद्ध नहीं जा सकता रावण। आत्मा को अपने कर्मों का फल भोगना ही पड़ता है। तभी मेरी प्राप्ति हो सकती है।"

रावण ने विनम्रता से कहा, "जैसी आपकी आज्ञा महादेव। मैं कहाँ हूँ और आप तक कैसे पहुँच सकता हूँ भगवान?"

महादेव ने उत्तर दिया, "तुम अभी पितृलोक में हो। यह मृत्यु का एक पड़ाव है। जब तक किसी के पार्थिव शरीर का अंतिम संस्कार नहीं हो जाता, उनकी आत्मा इसी लोक में रहती है। एक आत्मा इस लोक में तेरह दिनों तक रह सकती है। यहाँ उनके सारे बुरे कर्मों को एक-एक करके प्रस्तुत किया जाता है। वे पश्चाताप करके अपने पापों की क्षमा माँग सकते हैं। उसके उपरांत उन्हें स्वर्गलोक या नरकलोक भेज दिया जाता है। पुण्य आत्माओं को ब्रह्मलोक में मोक्ष प्रदान किया जाता है।"

रावण ने महादेव से प्रार्थना की, "मुझे भी मोक्ष प्रदान करें महादेव।"

महादेव ने गहरी आवाज़ में उत्तर दिया, "रावण, जीवन-मरण और पुनर्जन्म के चक्र से अभी तुम मुक्त नहीं हुए हो। तुम्हारे सामने भी तुम्हारे दस सिर दस घड़ों के रूप में रखे हैं, जिन पर तुम्हारे इस जन्म के दस महापापों का भार है। अपनी आत्मा की शुद्धि के लिए तुम्हें फिर से इन कुकर्मों का सामना करना होगा। यदि तुमने अपने दोषों को स्वीकार करते हुए पश्चाताप किया तो हो सकता है तुम्हें मोक्ष की प्राप्ति हो जाए।"

रावण ने सामने रखे नौ सिरों की ओर देखा और फिर महादेव से पूछा, "मेरे कौन से दोष महादेव? मेरे दस सिर तो मेरी शक्तियाँ दर्शाते हैं। मुझमें दस महाबलियों का बल है। मुझमें दस महाज्ञानियों की बुद्धि है..."

महादेव ने उसे बीच में रोकते हुए कहा, "और दस महादोषियों का दोष भी है। रावण, तुम स्वयं ही क्यों नहीं सामने रखे अपने प्रथम सिर पर से वस्त्र हटा कर देख लेते कि वह कौन सा दोष दर्शाता है। फिर देखते हैं कौन प्रकट होकर तुम्हारे पृथ्वीलोक में करे उस महापाप की तुम्हें स्मृति कराता है।"

रावण ने आदरपूर्वक कहा, "जी महादेव।"

3

काम का महापाप और अप्सराओं की अप्सरा रम्भा

रावण धीरे-धीरे सामने रखे पहले सिर की ओर बढ़ा। उसने कपड़े को पकड़ते हुए मन ही मन महादेव का स्मरण किया और कहा, "ॐ नमः शिवाय!" जैसे ही उसने कपड़ा उठाया, उस सिर पर बड़े अक्षरों में 'काम' लिखा हुआ दिखाई दिया।

महादेव की गहरी आवाज़ गूंजी, "काम भावना, अगर अनियंत्रित रहे, तो आत्मा को जन्म और मृत्यु के चक्रव्यूह में बांध लेती है; मुक्ति तब मिलती है जब मानव इस इच्छा पर विजय पा लेता है।"

रावण ने अपने भीतर की पीड़ा को दबाते हुए कहा, "नहीं, महादेव! मैंने अपनी काम-इच्छा को सदैव नियंत्रण में रखा है। सब जानते हैं कि मैं एक परम पंडित हूं और मुझे सारे वेदों और शास्त्रों का ज्ञान है। मैंने कभी किसी स्त्री को काम भावना से नहीं देखा। मेरी तो केवल एक ही अर्धांगिनी थी, मंदोदरी। सीता को मैंने कभी स्पर्श तक नहीं किया और उसकी स्वीकृति के लिए अंत तक प्रतीक्षा की।"

अचानक, रावण को पीछे से एक आवाज़ सुनाई दी, "सत्य बोलो रावण, सत्य बोलो।"

पीछे से स्वर्ग की अप्सरा, रंभा, आई।

महादेव की आवाज़ फिर गूंजी, "अपना परिचय दीजिए नारी।"

रंभा ने अपनी आवाज़ में दृढ़ता और दुःख का मिश्रण करते हुए कहा, "मैं हूँ रंभा, स्वर्ग की सबसे सुंदर अप्सरा। मैं देवराज इंद्र की सभा में सेवा करती थी। तत्पश्चात मेरा यक्षराज नलकुबेर के साथ विवाह संपन्न हुआ। मैं एक सुखद और स्वावलंबी जीवन व्यतीत कर रही थी, जब तक... इस महापापी रावण ने मेरे साथ दुष्कर्म किया।"

रावण ने अपनी आवाज़ में घमंड भरते हुए कहा, "अप्सराओं के कोई वर नहीं होते। अप्सराएं तो सार्वजनिक संपत्ति होती हैं।"

रंभा ने गुस्से में कहा, "क्यों, अप्सराएं स्त्री नहीं होतीं? हर स्त्री को अपना मनचाहा जीवनसाथी पाने का और उसके साथ एक शांतिपूर्ण गृहस्थ जीवन जीने की स्वतंत्रता है। किसी को, किसी भी व्यक्ति को यह अधिकार नहीं है कि वह संसार की किसी भी स्त्री के शरीर को उसकी इच्छा के विरुद्ध भूल से भी छू सके।"

रावण ने ठहाका मारते हुए कहा, "हाहा! यह वाक्य कौन कह रहा है, तुम - स्वप्नसुंदरी, अप्सराओं की अप्सरा, रंभा, जो इंद्र के आदेश पर विश्वामित्र की तपस्या भंग करने उनके पास अपना रूप दिखाने पहुंच गई।"

रंभा ने शांत स्वर में उत्तर दिया, "मैं तो केवल देवराज इंद्र की सभा में एक सेविका थी। ऋषि विश्वामित्र घोर तपस्या करके ब्रह्मर्षि की उपाधि पाने वाले थे। यदि वह उपाधि उन्हें मिल जाती, तो वह देवों से भी ऊपर स्थान ग्रहण कर लेते। इस बात से चिंतित देवराज इंद्र ने मुझे ऋषि विश्वामित्र की तपस्या भंग करने भेजा। किंतु ऋषि विश्वामित्र के दृढ़ संकल्प के आगे मैं असफल रही और उन्होंने मुझे श्राप दे दिया कि मैं दस हजार वर्षों तक एक पत्थर की मूर्ति बन जाऊंगी। केवल एक पूर्ण ब्राह्मण ही मुझे मुक्त कर पाएगा। मैं असफल रही, परंतु देवराज इंद्र ने फिर मेनका को भेजा और ऋषि विश्वामित्र की तपस्या अंततः भंग हो ही गई।"

रावण ने ताना मारते हुए कहा, "तो तुम्हें किस पूर्ण ब्राह्मण ने मुक्त किया?"

रंभा ने उत्तर दिया, "मेरे स्वामी, यक्षराज नलकुबेर ने। उन्होंने मुझे देवराज इंद्र की सभा में देखा था। जब उन्होंने मुझे पत्थर के रूप में देखा, तो उन्होंने कड़े मंत्रोपचार से मुझे पुनः जीवित कर दिया। वह एक पूर्ण ब्राह्मण थे क्योंकि उनकी माता चार्वी और पिता कुबेर भी पूर्ण ब्राह्मण थे, और उनकी मातामह इलाविदा और पितामह ऋषि विश्रवा भी दोनों पूर्ण

ब्राह्मण थे। तुम्हारे जैसे नहीं, जिसके पिता तो ब्राह्मण थे पर माता, केकसी, एक राक्षसी थी, और फिर भी तुम अपने को पूर्ण ब्राह्मण कहते हो।"

रावण ने अपने गुस्से को नियंत्रित करने की कोशिश करते हुए कहा, "तो उस दिन कहां था तुम्हारा पूर्ण ब्राह्मण नलकुबेर जिस दिन..."

रंभा ने आक्रोशित होते हुए कहा, "कहो, कहो रावण, कहते क्यों नहीं - जिस दिन तुमने बलपूर्वक मेरे साथ कुकर्म किया। सत्य सामने आ ही जाता है। अपनी शक्ति के घमंड में चूर तुमने पृथ्वीलोक में तो आतंक मचा ही रखा था। जब इतने से मन न भरा, तो तुम अपने ही सौतेले भाई, धनपति कुबेर, से चुराए हुए पुष्पक विमान में बैठकर आ गए स्वर्गलोक। वहां तुम्हें कोई देव न मिला, और तुमने मुझे एकांत से जाते हुए देख लिया। तुमने मेरा रास्ता रोका, तो मैंने अपना परिचय दिया। तुम्हें तनिक भी लज्जा न आई और तुमने मेरा हाथ पकड़ कर मुझे खींचा। मैं रोती रही, कहती रही कि मैं तुम्हारी पुत्रवधू के समान हूँ, किंतु तुम महापापी, निर्दयी अत्याचारी, अपनी काम वासना से इतने भरे हुए थे कि तुमने मेरे साथ..."

रंभा जोर-जोर से रोने लगी।

रावण ने धीरे-धीरे अपनी गलती को समझते हुए कहा, "मुझे क्षमा कर देना पुत्री, तुम्हारी सुंदरता और एकांत वातावरण देखकर मैं भ्रमित हो गया था। मेरी कामुक इंद्रियां उस समय मेरे नियंत्रण में नहीं थीं।"

रंभा ने तीखी आवाज़ में उत्तर दिया, "तुम नियंत्रण में नहीं थे? अपनी बेटी, अपनी बहन, अपनी माता के साथ क्यों नहीं कभी नियंत्रण खोते? किसी का जीवन नष्ट करके कहते हो, मैं भ्रमित हो गया था। कितना सरल है तुम्हारे लिए यह कहना रावण।"

रावण घुटनों के बल गिर गया और हाथ जोड़ लिए।

रंभा ने कहा, "वह तो करुणा है मेरे स्वामी, मेरे देवता, यक्षराज नलकुबेर की, जिनके पास जब मैं उस अवस्था में गई, तो उन्होंने मुझे सांत्वना देते हुए कहा कि मेरा इस पूरे कांड में कोई दोष नहीं और मैं अब भी वैसे ही उनकी हृदयपूर्ण पत्नी हूँ जैसे सदा थी। वह चाहते तो तुम्हें वहीं भस्म कर देते, पर उन्होंने स्वर्गलोक की गरिमा रखी और तुम्हें श्राप दिया कि यदि तुमने कदाचित किसी स्त्री को उसकी इच्छा के विरुद्ध हाथ भी लगाया, तो उसी क्षण तुम्हारे सिर के सौ टुकड़े हो जाएंगे।"

रावण ने अपनी गलती मानते हुए कहा, "मैं तुम्हारा अपराधी हूँ रंभा, मैं अपना दोष स्वीकारता हूँ।"

रंभा ने गंभीर स्वर में कहा, "अपराधी तो तुम सीता मैया के हो, जिनका तुमने छल से अपहरण कर लिया और फिर अपनी अशोक वाटिका में बंधी बना कर रखा, जहां प्रतिदिन तुम उन्हें अपनी बनाने की चेष्टा करते

रहे। वह अभागन पतिव्रता नारी अपने राम जी की प्रतीक्षा करती रही, और तुम सबको कहते रहे कि उनको तुमने कभी हाथ भी नहीं लगाया।"

रावण ने दुखी होकर कहा, "मैं महापापी हूँ, मुझे दंड दो।"

रंभा ने वह घड़ा उठाया और रावण की ओर बढ़ते हुए कहा, "मृत्युदंड तो तुम्हें मिल ही चुका है रावण, और अब महादेव के दरबार में तुम्हारा यह महादोष भी सामने आ गया। और हाँ, तुमने एक और असत्य कहा - तुम्हारी एक नहीं, दो पत्नियां थीं - मंदोदरी और धान्यमालिनी। धान्यमालिनी के पुत्र अतिकाय को लक्ष्मण ने युद्ध में मार दिया था।"

रंभा ने घड़ा रावण के सिर पर फोड़ दिया और चली गई।

क्रोध का महापाप और दानवराज विद्त्जिह्व

4

क्रोध का महापाप और दानवराज विद्त्जिह्व

महादेव की गंभीर आवाज़ गूँजी, "उठो रावण, अभी तो तुम्हारे नौ सिर, अर्थात नौ महादोष शेष हैं। आगे रखे अगले सिर से वस्त्र हटाकर देखो वह कौन सा महादोष है, और फिर देखते हैं कौन प्रकट होकर तुम्हारे पृथ्वीलोक में किए गए उस महापाप की तुम्हें स्मृति कराता है।"

रावण धीमे कदमों से दूसरे सिर की ओर बढ़ा और कपड़े को पकड़ते हुए पुनः मंत्रोच्चारण किया, "ॐ नमः शिवाय!" उसने कपड़ा उठाया, और उस सिर पर बड़े अक्षरों में 'क्रोध' लिखा हुआ दिखाई दिया।

महादेव की आवाज़ गूंजी, "जब कोई मानव क्रोध को अपने ऊपर हावी होने देता है, तो वह अपनी बुद्धि और विवेक को खो देता है, और यह उसके सर्वनाश का कारण बनती है।"

रावण ने तत्काल उत्तर दिया, "महादेव! मैंने सदैव अपने क्रोध को नियंत्रण में रखा। सब जानते हैं मेरे पास ऐसी-ऐसी शक्तियाँ थीं कि मैं पूरे ब्रह्मांड पर राज कर सकता था। किंतु मैंने केवल अपनी लंका नगरी में ही वास किया। मैंने कभी किसी राजा की नगरी नहीं हथियाई। मुझे एक ही बार क्रोध आया था जब राम ने मेरी प्रिय बहन शूर्पणखा की नाक काट दी थी। फिर भी मैं तुरन्त सेना लेकर उसे मारने नहीं गया, बल्कि उसकी पत्नी को

उठा लाया ताकि उसे अपने अपराध का आभास हो।"

अचानक, रावण को पीछे से एक आवाज़ सुनाई दी, "सत्य बोलो रावण, सत्य बोलो।"

पीछे से कालकेय दानवों के राजा, विद्‌तजिह्वा, आए।

महादेव की आवाज़ गूंजी, "अपना परिचय दीजिए दानवराज।"

विद्‌तजिह्वा ने कहा, "मैं हूँ कालकेय दानवों का राजा विद्‌तजिह्वा। मैं मीनाक्षी का पति हूँ, जिसे आप शूर्पणखा के नाम से भी जानते हैं। जब वह बड़ी हो रही थी तो उसके नाखून बहुत लंबे और नुकीले हो गए, जिसके कारण उसका नाम शूर्पणखा पड़ा।"

रावण ने व्यंग्य करते हुए कहा, "अपना भी सही नाम बता दो - दुष्टबुद्धि। लोग सोचते हैं दानव और राक्षस एक ही होते हैं, पर दोनों की शत्रुता तो सदियों पुरानी है।"

विद्‌तजिह्वा ने गहरी आवाज़ में उत्तर दिया, "यह शत्रुता समाप्त हो सकती थी अगर... अगर तुम शूर्पणखा के सुखद जीवन के लिए अपने क्रोध को रोक लेते और एक अच्छे भाई की भांति अपनी बहन के प्रेम को स्वीकार कर लेते।"

रावण ने क्रोध से उत्तर दिया, "वह भोली थी, नहीं समझी कि तुमने उससे विवाह उसके लिए नहीं, बल्कि बहनोई की आड़ में मेरी लंका में घुसकर मेरा वध करने के लिए किया था।"

विद्‌तजिह्वा ने शांत स्वर में कहा, "सच है, यह सच है कि केवल मैं ही नहीं, पूरा दानव कुल तुम्हारा वध करना चाहता था रावण, पर शूर्पणखा के प्रेम ने मेरा हृदय परिवर्तित कर दिया। किंतु तुम्हारे कठोर हृदय ने अपनी ही बहन का भला नहीं देखा और मेरी हत्या कर दी।"

रावण ने गर्व से कहा, "हत्या नहीं, विजय प्राप्त की मैंने दानवों पर।"

विद्‌तजिह्वा ने निराश होकर कहा, "मैं चाहता तो अपनी जिह्वा की विद्‌त से तुम्हें मार सकता था रावण। किंतु मैं तुम्हें समझाता रह गया और तुमने मुझ पर ही घातक प्रहार कर दिया।"

रावण ने गर्वित स्वर में कहा, "अंत में जीत रावण की हुई, रावण की।"

विद्‌तजिह्वा ने गंभीरता से कहा, "नहीं, उस दिन पूरे राक्षस कुल के विनाश की नींव रखी गई। तुम्हारे लिए तो मैं उन सैकड़ों राजाओं में था जिन्हें तुमने मृत्यु के घाट उतारा, पर शूर्पणखा के लिए तो मैं सब कुछ था। मेरे मृत शरीर पर उसने प्रण लिया कि तुम्हारे सर्वनाश का कारण वही बनेगी।"

रावण ने उत्तर दिया, "वह कुछ दिनों के लिए मुझसे क्रोधित थी पर फिर सब शांत हो गया। उसका मन ठीक हो जाए इसके लिए मैंने उसे अपने मौसेरे भाइयों, खर और दूषण, के पास दंडक वन में भेज दिया। जब लक्ष्मण ने उसकी नाक काटी तो वह मेरे ही पास आई। यह इस बात को प्रमाणित करती है कि वह अब भी मुझे अपना प्रिय भाई मानती थी।"

विद्‌तजिह्वा ने तीखे स्वर में कहा, "तो तुम क्यों नहीं गए?"

रावण ने चौंकते हुए पूछा, "कहां?"

विद्‌तजिह्वा ने उत्तर दिया, "पंचवटी, दंडक वन में। तुम क्यों नहीं गए तुरंत अपनी बहन के अपमान का प्रतिशोध लेने।"

रावण ने गर्व से कहा, "मैं गया था और उस राम की सीता को हर लाया।"

विद्‌तजिह्वा ने तीखी हंसी के साथ कहा, "सोचने की बात है - दशानन, जिसने तीनों लोकों पर विजयी ध्वज लहराया, उसकी एक लौती बहन की किसी वनवासी ने नाक काट दी, फिर भी वह तुरंत अपनी सेना लेकर उस साधारण मानव को मारने नहीं गया, अपितु एक साधु के भेष में छुप-छुपाकर गया और उसकी असहाय पत्नी को मंत्र फूंक कर ले आया।"

रावण के पास कोई उत्तर नहीं था।

विद्‌तजिह्वा ने गहरी आवाज़ में कहा, "मैं बताता हूँ क्यों। एक ही माँ की कोख से जन्मे तुम अपनी बहन को भली-भांति जानते थे रावण। तुम्हें पता था उसके प्रतिशोध का ज्वालामुखी सो तो सकती है, परंतु बुझ नहीं सकती। उसने जब तुम्हें अपनी आपबीती सुनाई तो तुम्हारे भीतर का भाई नहीं जागा। वह भी जानती थी तुम्हें कैसे उत्तेजित करना है, इसलिए फिर उसने सीता की सुंदरता का तुमसे वर्णन किया और तुम्हारे अंदर के उस राक्षस को जगाया जो विधाता की बनाई हर अलौकिक रचना को हथियाना चाहता है।"

रावण ने गहरी सांस लेते हुए कहा, "ऐसा नहीं है। मैं भाई होने के साथ-साथ एक राजा भी हूँ। मेरे पास जो भी सहायता माँगने आता है, मैं उसके लिए अवश्य युद्ध करता हूँ।"

विद्तजिह्वा ने व्यंग्य करते हुए कहा, "तो मारीच के लिए युद्ध करने क्यों नहीं गए?... दो दशकों पहले एक बार वह भी ऐसे ही तुमसे सहायता माँगने आए थे, किंतु तुम नहीं गए, क्यों?"

रावण ने सिर झुकाकर हाथ जोड़ लिए।

विद्तजिह्वा ने अपनी बात जारी रखी, "राक्षसी ताड़का अपने पुत्रों, सुबाहु और मारीच, के साथ मिलकर ऋषि विश्वामित्र के यज्ञों को भंग कर रही थी। विश्वामित्र ने युवराज राम से सहायता मांगी और राम ने ताड़का का वध कर दिया। सुबाहु भी मारा गया परंतु मारीच भागकर तुम्हारे पास आ गए। उसी क्षण तुम अपने मामा मारीच की सहायता के लिए युद्ध करने क्यों नहीं गए राजा दशानन। राजा तो सबके लिए युद्ध करता है, फिर अपने ही मामा के लिए क्यों नहीं गए? क्योंकि मारीच ने बताया कि विश्वामित्र ने दो रघुवंशी राजकुमारों को बुलाया है। कुछ स्मरण हुआ रावण?"

रावण ने गंभीरता से कहा, "ब्रह्मा जी के वरदानों ने मुझे नई शक्तियाँ प्रदान की थीं। अपनी शक्तियों के बल पर मैं सारे विश्व पर राज करने निकल चला और जो भी राजा मेरे मार्ग में आया, मैं उसका वध करता गया। फिर एक दिन मेरे सामने आए उन्नीसवें रघुवंशी राजा अनरण्य।

उन्होंने मेरे समक्ष शांति प्रस्ताव रखा किंतु मेरे हृदय में मानवों से क्रोध की ज्वाला इतनी थी कि मैंने उनका भी वध कर दिया। निर्दोष की हत्या करने के कारण उन्होंने मरते हुए मुझे श्राप दिया कि मेरी मृत्यु एक रघुवंशी के हाथों ही होगी।"

विद्तजिह्वा ने गंभीर स्वर में कहा, "इसीलिए तुम शूर्पणखा के बार-बार आग्रह करने पर भी राम से युद्ध करने नहीं गए?"

रावण ने अपनी गलती को स्वीकार करते हुए कहा, "मैं अपनी बहन शूर्पणखा को भली-भांति जानता था। मामा मारीच जब मेरे पास आए थे तो मैंने उन्हें अपने श्राप के बारे में बताया था। हो सकता है वह संवाद शूर्पणखा ने भी सुन लिया हो। यह भी हो सकता है कि उसको पता चल गया हो कि पंचवटी में रघुवंशी ही वनवास करने आए हैं। मैं जानता था अपने सुहाग की हत्या का प्रतिशोध शूर्पणखा मुझसे लेकर ही रहेगी।"

विद्तजिह्वा ने गहरी सांस लेते हुए कहा, "तुम चाहते तो यह सब दुर्घटना होती ही नहीं। हम सब का जीवन आराम से व्यतीत होता। शूर्पणखा और मुझमें सुंदरता भले ही ना थी, प्रेम और सम्मान पूरा था। हम दोनों एक साथ कितने संतुष्ट थे, इतने कि लंका पर विजय पाने की मनसा मैंने अपने हृदय से निकाल दी थी। फिर भी मेरी हत्या करते समय तुमने अपनी बहन के बारे में तनिक भी नहीं सोचा रावण, जिसकी कुरूपता के चलते उसे कोई भी पुरुष देखता भी नहीं था और मैं ही वह प्रथम व्यक्ति था जिसने उसे स्नेह से अपनाया।"

रावण घुटनों के बल गिर गया और हाथ जोड़कर बोला, "मुझे क्षमा करें दानवराज, मैं अपनी भूल स्वीकारता हूँ। अपनी बहन के विवाह की सूचना पाते ही मैं क्रोधित हो उठा और अपना आपा खो बैठा। मैंने यह भी नहीं सोचा कि इसका परिणाम क्या होगा। यदि मैं उस क्षण शूर्पणखा के सुखद विवाहित जीवन की कामना सोच लेता तो आज मेरी यह दुर्दशा ना होती।"

विद्‌तजिह्वा ने शांति से कहा, "तुमने अपने क्रोध के महादोष को स्वीकारा है रावण, महादेव तुम्हें सद्‌बुद्धि दें।"

विद्‌तजिह्वा ने कुछ कदम आगे बढ़ते और फिर मुड़कर वापस देखते हुए कहा, "एक बात और - तुम जब सीता हरण के लिए गए तो साधु के भेष में क्यों गए? दशानन रावण सीधे भी तो जा सकता था।"

रावण ने गंभीरता से उत्तर दिया, "शूर्पणखा ने बताया कि पहले वह कटी हुई नाक लेकर खर और दूषण के पास गई थी। खर-दूषण अपने चौदह हजार सैनिकों के साथ राम और लक्ष्मण से युद्ध करने गए, किंतु उनमें से एक भी नहीं बचा। मैं समझ गया कि यह कोई साधारण वनवासी नहीं है, और क्योंकि शूर्पणखा इतनी संकल्पित होकर उनसे युद्ध का आग्रह करने मेरे दरबार आई थी, मेरा अंत निकट ही होगा। मामा मारीच ने भी मुझे समझाया, किंतु मैंने ही उनसे हिरण बनकर राम और लक्ष्मण का ध्यान भटकाने को कहा।"

विद्‌तजिह्वा ने आगे बढ़कर घड़ा उठाया और कहा, "तुमने उस दिन एक या दो नहीं, तीन कुलों का सर्वनाश कर दिया रावण। दानव और राक्षस तो समाप्त हो ही गए, साथ में सारे विश्व के साधु-संतों पर से भी विश्वास समाप्त हो गया। अब से कोई भी व्यक्ति अपनी चौखट पर आए किसी भी साधु-संत का आदर नहीं करेगा, पता नहीं किस संत के भेष में महासुर रावण छुपा हो।"

विद्‌तजिह्वा ने घड़ा रावण के सिर पर फोड़ दिया और चले गए।

5

मोह का महापाप और साध्वी कन्या वेदवती

महादेव की गंभीर आवाज़ फिर से गूंजी, "उठो रावण, अब तुम्हारे आठ सिर, अर्थात आठ महादोष शेष हैं। आगे रखे अगले सिर से वस्त्र हटाकर देखो वह कौन सा महादोष है, और फिर देखते हैं कौन प्रकट होकर तुम्हारे पृथ्वीलोक में किए गए उस महापाप की तुम्हें स्मृति कराता है।"

रावण धीरे-धीरे तीसरे सिर की ओर बढ़ा और कपड़े को पकड़ते हुए पुनः मंत्रोच्चारण किया, "ॐ नमः शिवाय!" उसने कपड़ा उठाया, और उस सिर पर बड़े अक्षरों में 'मोह' लिखा हुआ दिखाई दिया।

महादेव की आवाज़ गूंजी, "रावण, मोह एक माया है जो व्यक्ति को इस जगत के बंधनों में फंसा देती है, इससे मुक्ति पाने से ही आत्मा को मोक्ष की प्राप्ति होती है।"

रावण ने दृढ़ता से कहा, "मुझे मोह कैसा महादेव जिसे स्वयं आपसे और ब्रह्मा जी से वरदान प्राप्त हो। मेरा तो केवल एक ही मोह है - आपके दर्शन। एक व्यक्ति के जीवन में तीन ही प्रकार के मोह हो सकते हैं - तन, मन, और धन। मन तो मेरा आपकी भक्ति में ही सदैव लीन रहा। रही बात धन की तो मैं सोने की नगरी लंका का राजा था, मुझे भला धन का

क्या मोह। और हां, तन का मोह मुझमें कभी नहीं था, नहीं तो शूरवीर पराक्रमी रावण से कौन स्त्री विवाह नहीं करना चाहेगी।"

अचानक, रावण को पीछे से एक आवाज़ सुनाई दी, "सत्य बोलो रावण, सत्य बोलो।"

पीछे से एक सध्वी कन्या, वेदवती, आई।

महादेव की आवाज़ फिर गूंजी, "अपना परिचय दीजिए देवी।"

वेदवती ने शांति और संताप से भरे स्वर में कहा, "मैं हूँ वेदवती, देवगुरु बृहस्पति की पौत्री और काशी के राजा कुशध्वज और रानी मालावती की पुत्री। मेरे पिता कुशध्वज ने लक्ष्मी माता की कड़ी तपस्या की। जब माता लक्ष्मी उनके समीप प्रकट हुईं, तो उन्होंने धन नहीं मांगा, बल्कि मां लक्ष्मी को ही अपनी बेटी के रूप में जन्म लेने का वरदान मांगा। इस प्रकार मेरा जन्म हुआ। मेरे पिताजी कहते थे कि जब मैं रोती थी तो ऐसा लगता था जैसे मैं वेदों का जाप कर रही हूँ, इसीलिए उन्होंने मेरा नाम वेदवती रखा। और क्योंकि मैं महालक्ष्मी का ही एक अंश थी, इसीलिए आजीवन मैंने श्री नारायण का ही ध्यान किया। मुझे नारायण मिल ही जाते किंतु... इस रावण के कारण मुझे अग्नि में अपने प्राण त्यागने पड़े।"

रावण ने उत्तर दिया, "मैंने तुम्हें अग्नि में नहीं धकेला, तुम स्वयं ही उसमें कूद गई थी।"

वेदवती ने धैर्यपूर्वक कहा, "मैं गौरी व्रत कर रही थी रावण, जिसमें स्त्री को पूर्ण रूप से शुद्ध रहकर हरि का ध्यान करना होता है। मैं सब कुछ त्याग

कर हिमालय के वनों में एकांत में इसीलिए रह रही थी कि मेरी तपस्या में कोई विघ्न न आए।"

रावण ने अपनी स्थिति को समझाते हुए कहा, "तुम जैसी परम-सुंदरी और वह भी कुँवारी यदि वनों में अकेली रहेगी तो किसी का भी मन विचलित हो ही जाएगा।"

वेदवती ने तीखी आवाज़ में उत्तर दिया, "क्यों, एक सुकुमारी अकेली नहीं रह सकती? उसे स्वतंत्र होने की अनुमति नहीं? तुम भी तो अकेले ही घूम रहे थे उस वन में। पुरुष को सब अधिकार है और स्त्री को अकेले भी रहने का अधिकार नहीं? तुम्हारा दोष नहीं है रावण, मेरी तो सुंदरता ही मेरा अभिशाप बन गई। जब मैं बड़ी हुई तो मेरे सौंदर्य के चर्चे चारों ओर फैल गए। बहुत रिश्ते आए पर मेरे पिता जानते थे कि मैं तो केवल श्री विष्णु से ही विवाह की इच्छुक हूँ। फिर एक दिन राक्षसराज शंभु आया जिसने अपने विवाह के प्रस्ताव को अस्वीकारे जाने पर मेरे पिता की हत्या कर दी। मेरी माता भी उस चिता में सती हो गई और मुझ राजकुमारी को वन में आश्रय लेना पड़ा... और फिर मुझ अभागन को वन में तुम जैसे राक्षस ने खंडित कर ही दिया।"

रावण ने अपनी दृष्टि नीची करते हुए कहा, "मेरी मंशा में कोई दोष नहीं था। मैं तो तुम्हें अपनी पटरानी बनाना चाहता था वेदवती। तुम जैसी असीम सौंदर्य की धनी को एक साध्वी बनाने की क्या आवश्यकता थी। मुझे लगा तुम्हें श्रृंगार करना नहीं आता और इसलिए..."

वेदवती ने गहरी आवाज़ में उत्तर दिया, "और इसलिए... और इसलिए तुमने मुझे मेरे बालों से पकड़कर अपनी ओर घसीटने का प्रयास किया। तुम्हारे लिए तो केवल वह एक खेल था, परंतु मेरा तो गौरी व्रत ही टूट गया रावण। मुझे अपनी रक्षा में अपने केश काटने पड़े और मेरे श्री हरि को पाने की सारी तपस्या पूर्णतः भंग हो गई।"

रावण ने पश्चाताप की भावना से कहा, "फिर भी तुम मेरे पास आ सकती थी। जिस भी वस्तु की तुम कामना करती, मैं तुम्हें वह सब कुछ देता।"

वेदवती ने सत्य का खुलासा करते हुए कहा, "सब कुछ? मनुष्य की यह एक मिथ्या है, भ्रम है कि उसके पास सब कुछ है। यह सब कुछ ईश्वर का है और कुछ क्षणों के लिए ईश्वर ने तुम्हारे पास रखा है, दिया नहीं है। बताओ मृत्यु के उपरांत अब कहां है तुम्हारा सब कुछ। तुम्हारे शरीर के साथ वह सब भी राख हो गया। कामना तो मैंने भी की थी उस तप-अग्नि में अपने प्राणों की आहुति देने से पहले - मैं पुनः जन्म लूँगी और मैं ही तुम्हारी मृत्यु का एकमात्र कारण बनूँगी। जो भी तुम्हारा साथ देगा उसका विनाश होगा और केवल वह ही लंका में दिया जलाने हेतु जीवित रहेगा जो समय रहते सत्य के मार्ग पर चलेगा।"

रावण ने गंभीरता से कहा, "तुम्हारी भविष्यवाणी तो सही रही पर तुम्हें स्वयं तो अग्नि में जलकर मरना पड़ा।"

वेदवती ने दृढ़ता से उत्तर दिया, "जिसे नारायण ही मिल गए हो, उसे जीवन का क्या मोह। मेरी प्रतिज्ञा सुनकर श्री हरि ने मुझे वरदान दिया कि अगले जन्म में मैं उनकी ही पत्नी बनूँगी। इससे बड़ा सौभाग्य और

क्या हो सकता है। जब राजा जनक और रानी सुनयना ने संतान प्राप्ति के लिए अग्नि-यज्ञ किया तो उस अग्नि की कुछ लपटें खेत में जा गिरीं। राजा जनक ने खेत में हल चलाया तो भूमि के अंदर से उन्हें एक नवजात कन्या मिली। उसका नाम उन्होंने सीता रखा क्योंकि हल चलाने के बाद जो खेत में एक सीधी रेखा बन जाती है उसे सीता कहते हैं।"

रावण ने चौंकते हुए कहा, "सीता? तो वह तुम ही थी? पिछली बार मैंने तुम्हें बाल पकड़कर खींचने का प्रयास किया और इस बार तो लगभग एक वर्ष के लिए अपना बंधी ही बना लिया।"

वेदवती ने धैर्यपूर्वक कहा, "अज्ञानी रावण, तुम जैसा तुच्छ राक्षस क्या महाविष्णु की पत्नी को बंधी बनाएगा। मैं अग्नि से ही जन्मी थी और अग्नि ही मेरे रक्षक हैं। तुमने कदाचित ध्यान नहीं दिया - तुम जब मेरी कुटिया के सामने भिक्षा मांगने आए तो मैंने तुम्हें तुरंत पहचान लिया था। मैं कुटिया के भीतर तो गई पर वहाँ से अग्निदेव मुझे अग्निलोक ले गए अपनी पत्नी स्वाहा के पास, और कुटिया से जो बाहर आई वह छाया सीता थी। तुम सोचते रहे तुमने बहुत बड़ा कार्य किया है परंतु तुम जैसे दुष्ट के साथ तो मेरी जूती भी न जाए।"

रावण ने गहरी सांस लेते हुए कहा, "मुझे अपने कुकर्मों का पछतावा है देवी। मेरे कारण मेरे कुल का सर्वनाश हो गया। तुमने सत्य ही कहा था - जो मेरा साथ नहीं देगा वह ही लंका में दीप जलाने हेतु जीवित रहेगा। मुझे सारे वेदों और शास्त्रों का ज्ञान था, मुझे कई बड़े-बड़े वरदान मिले, किंतु सब व्यर्थ गए।"

वेदवती ने घड़ा उठाया और रावण की ओर बढ़ते हुए कहा, "तुमने यह सिद्ध कर दिया रावण कि कोई भी पुरुष चाहे कितना ही बड़ा विद्वान हो, चाहे कितना ही बड़ा भक्त हो, यदि वह नारी का सम्मान नहीं कर सकता, तो वह महान कहलाने योग्य कतई नहीं हो सकता। और तुम्हारे पास मंदोदरी थी, जो पञ्चकन्याओं में से एक थी - दुनिया की सबसे सुंदर, पवित्र, और धार्मिक स्त्री। फिर भी तुम्हें अन्य स्त्रियों का मोह था?"

वेदवती ने घड़ा रावण के सिर पर फोड़ दिया और चली गई।

लोभ का महापाप और महर्षि मंदार

6

लोभ का महापाप और महर्षि मंदार

महादेव की गहरी आवाज़ फिर से गूंजी, "उठो रावण, अभी तो तुम्हारे सात सिर, अर्थात सात महादोष शेष हैं। आगे रखे अगले सिर से वस्त्र हटाकर देखो वह कौन सा महादोष है, और फिर देखते हैं कौन प्रकट होकर तुम्हारे पृथ्वीलोक में किए गए उस महापाप की तुम्हें स्मृति कराता है।"

रावण धीरे-धीरे चौथे सिर की ओर बढ़ा और कपड़े को पकड़ते हुए पुनः मंत्रोच्चारण किया, "ॐ नमः शिवाय!" उसने कपड़ा उठाया, और उस सिर पर बड़े अक्षरों में 'लोभ' लिखा हुआ दिखाई दिया।

महादेव की आवाज़ गूंजी, "लोभ एक ऐसी भावना है जो व्यक्ति को कभी संतुष्ट नहीं होने देती, इससे मुक्ति पाकर ही मानव सच्ची संतुष्टि और आध्यात्मिक सुख पा सकता है।"

रावण ने महादेव से कहा, "महादेव! मुझे लोभी कहकर अपने इस परम-भक्त का अपमान न करें। मुझे तो केवल आपकी ही पूजा का लोभ है। मैं अपने ही घरवालों के कारण पराजित हुआ नहीं तो धरती पर किसी भी राजा से युद्ध में मैं कभी नहीं हारा। ऐसा कोई योद्धा ही नहीं जन्मा जो मेरा सामना कर सके। मेरी पत्नी, मेरे पुत्र, और मेरे परिवार के लोभ ने ही मुझे परास्त किया है।"

अचानक, रावण को पीछे से एक आवाज़ सुनाई दी, "सत्य बोलो रावण, सत्य बोलो।"

पीछे से एक ऋषि, मंदार, आए।

महादेव की आवाज़ फिर गूंजी, "अपना परिचय दीजिए महर्षि।"

मंदार ने अपनी आवाज़ में गंभीरता और तीव्रता को मिलाकर कहा, "मैं हूँ ऋषि मंदार, विमर्श मुनि का पुत्र। मैं महिष्मति राज्य का प्रमुख परामर्शकर्ता हूँ और मैं पवित्र मंदाकिनी नदी के तट पर तपस्या करता हूँ।"

रावण ने उत्तर दिया, "मैं आपको नहीं जानता ऋषिवर, क्या हमारी कभी भेंट हुई है?"

मंदार ने शांत स्वर में उत्तर दिया, "नहीं रावण, तुम मुझे नहीं पहचानते, किंतु तुम मेरी एक रचना को भली-भांति जानते हो - मंदोदरी।"

रावण ने चौंकते हुए कहा, "मंदोदरी, मेरी धर्म-पत्नी? वह आपकी रचना कैसे? मैंने उससे विधिपूर्वक विवाह किया था और उसे अपनी सर्वश्रेष्ठ रानी बनाया।"

मंदार ने कठोरता से कहा, "तुम भूल गए या स्मरण नहीं करना चाहते दशानन? सत्य को छुपाना भी असत्य ही कहलाता है। एक ऋषि के समक्ष ऐसा व्यवहार तुम जैसे ज्ञानी को शोभा नहीं देता।"

रावण ने गंभीर स्वर में कहा, "कैसा असत्य मुनिवर? कृपया अपने कथन पर प्रकाश डालिए।"

मंदार ने धीमी आवाज़ में कहा, "जैसी तुम्हारी इच्छा लंकापति। मैं प्रारंभ से बताता हूँ, क्या पता तुम्हें कुछ ज्ञात हो। देवलोक की एक अप्सरा थी जिसका नाम था मधुरा। वह सदैव महादेव के पास जाना चाहती थी किंतु पार्वती माता के रहते यह कर न सकी। एक दिन अवसर पाकर उसने

ध्यान में लीन महादेव को स्पर्श कर लिया। माता पार्वती जब आईं तो उन्होंने मधुरा के ऊपर भस्म लगा देखा और यह देखकर उन्होंने मधुरा को श्राप दे दिया कि वह बारह वर्षों तक एक मैनडकी बनकर पृथ्वीलोक में रहेगी।"

रावण ने अपनी जिज्ञासा को दबाते हुए कहा, "मैं समझ नहीं पा रहा ऋषिवर, एक मैनडकी और मेरी मंदोदरी में क्या रिश्ता है?"

मंदार ने धैर्यपूर्वक उत्तर दिया, "धैर्य रखो रावण, अभी सब कड़ियाँ भी जुड़ जाएंगी और तुम्हारे प्रश्नों का उत्तर भी मिल जाएगा।"

रावण ने सिर हिलाकर कहा, "जी मुनिवर।"

मंदार ने अपनी कहानी को आगे बढ़ाते हुए कहा, "तो एक दिन मैं और मेरे साथी ऋषि उदार बैठकर एक पात्र में दूध ग्रहण करने ही वाले थे कि तभी उसमें एक मैनडकी ने छलांग लगा दी। हमें आश्चर्य हुआ यह देखकर कि शीतल दूध में गिरी मैनडकी मृत अवस्था में क्यों जा रही है। अपनी दिव्य-दृष्टि से मैंने जाना कि कुछ क्षण पहले एक सर्प ने हमारे दूध में विष मिला दिया था और हमारी रक्षा हेतु इस निःशब्द मैनडकी ने अपने प्राण दांव पर लगा दिए। इस श्रम से प्रसन्न होकर मैंने उसे वरदान दिया कि वह एक मानव रूप धारण करेगी और विश्व की पांच सबसे सुंदर कन्याओं में से एक बनेगी। फिर हमने उसे असुर-राजा मायासुर और रानी हेमा को दान दे दिया जिन्होंने उसका नाम रखा वेङ्गावती।"

रावण ने कुछ समझते हुए कहा, "वेङ्गावती?"

मंदार ने सिर हिलाकर कहा, "स्मरण में तो है तुम्हारे किंतु अहंकारी दिमाग उसे व्यक्त नहीं करने देगा। चलो, कथा को पूरा करते हैं। तुमने जब किष्किंधा के राजा बाली के बारे में सुना तो उसे पराजित करने निकल पड़े। तुम्हें लगा कि वरदान में मिली शक्तियों से तुम किसी को भी हरा सकते हो। तुमने जब महाशक्तिशाली राजा बाली को तपस्या करते हुए एक गुफा में देखा तो तुमने उनपर पीछे से वार कर दिया। बाली ने अपनी तपस्या नहीं रोकी और तुम्हें अपने बगल में दबाकर छह महीनों तक वहीं बैठा रहा। तपस्या समाप्त होते ही उन्होंने पूछा क्या अब भी तुम उससे युद्ध करने के इच्छुक हो, और तुमने उनसे क्षमा माँगी और अपने प्राण बचा लिए।"

रावण ने आत्मरक्षा करते हुए कहा, "राजा बाली के पास एक ऐसा वरदान था कि उसके विरुद्ध खड़े होने वाले शत्रु की आधी शक्ति तुरंत उसे मिल जाती थी। यह एक अन्यायपूर्ण लाभ था जिसके चलते उसे हराना असंभव था।"

मंदार ने कठोरता से कहा, "तो इसलिए तुमने अपने वरदान का उपयोग किया जिसमें तुम कभी भी साधु का वेश धारण कर सकते थे? अन्यायपूर्ण लाभ तो तुमने भी उठाया रावण। सब सोचते हैं तुमने केवल एक ही बार साधु के वेश में जाकर छल से सीता का अपहरण किया, परंतु उससे पहले भी तुमने उसी प्रकार एक और बार साधु के वेश में जाकर छल से राजा बाली की पत्नी, वेङ्गावती, का भी अपहरण किया था।"

रावण ने सिर झुका लिया।

मंदार ने अपनी बात को जारी रखते हुए कहा, "वेङ्गावती का विवाह राजा

बाली से हुआ था। तुमने अपने पराजय के प्रतिशोध में एक साधु बनकर किष्किंधा में तब प्रवेश किया जब राजा बाली और उनके भाई सुग्रीव वहाँ नहीं थे। फिर तुम भिक्षा मांगने की आड़ में गर्भवती वेङ्गावती का अपहरण कर उसे अपने पुष्पक विमान में ले जाने लगे। किंतु राजा बाली तुम्हारे मार्ग में आ गए और तुम दोनों ने वेङ्गावती को दोनों ओर से खींचा। तुम दोनों महाबलशाली योद्धाओं के खींचने से वेङ्गावती के शरीर के दो भाग हो गए। मैंने और ऋषि उदार ने तप करके यमराज और वायुदेव की सहायता से दोनों भागों को जीवित किया। राजा बाली के भाग में आई तारा और पुत्र अंगद। और तुम्हारे भाग में आई एक सुकन्या जिसका नाम हम दोनों ऋषियों के नाम जोड़कर मंदार और उदार से बना मंदोदरी।"

रावण ने नम्रता से कहा, "मेरा मार्ग सही नहीं था परंतु मंदोदरी के लिए मेरा प्रेम सत्य था ऋषिवर। मैंने उससे सदैव असीम प्रेम किया है और उससे विवाह विधिपूर्वक राजा मायासुर से आशीर्वाद लेकर किया था।"

मंदार ने गंभीरता से कहा, "प्रेम किया किंतु उसकी बात कभी नहीं मानी। वह तुम्हें समझाती रही कि सीता को श्रीराम के पास लौटा दो किंतु तुम्हारे पर-नारी के लोभ ने तुम्हें ऐसा कतई करने न दिया।"

रावण ने बचाव करते हुए कहा, "वह कोई लोभ नहीं, प्रतिशोध की ज्वाला थी।"

मंदार ने सख्ती से कहा, "वह लोभ ही था रावण। मंदोदरी से प्रेम और सीता से विवाह की कामना, सब लोभ ही था। और विधाता ने इन कुकर्मों का तुम्हें ऐसा परिणाम दिया कि एक प्रकार से मंदोदरी ही तुम्हारी मृत्यु का कारण बनी। जब श्रीराम से युद्ध में तुम्हारे सारे योद्धा मारे गए तो तुम एक महायज्ञ करने अपने गुप्त कक्ष में चले गए। उस महायज्ञ से सम्पूर्ण

वानर सेना का विनाश एक ही क्षण में हो जाता। मन्दोदरी के अतिरिक्त यह कोई नहीं जानता था कि वह महायज्ञ कहाँ हो रहा है। हनुमान तुम्हारे ही ढंग से एक साधू का भेष बदलकर रानी मन्दोदरी के पास आए और कहा कि श्रीराम को उस दिव्य बाण का पता चल गया है जो तुम्हारे ही पास है और जिससे तुम्हारा वध संभव है। मन्दोदरी चिंतित हो उठी और उसने गुप्त कक्ष में प्रवेश कर तुम्हें इस बारे में सूचित किया। इससे तुम्हारा वह महायज्ञ बीच में ही खंडित हो गया और अंततः युद्ध में तुम्हारी मृत्यु हुई।"

रावण ने हाथ जोड़ते हुए कहा, "मुझे क्षमा करें ऋषिवर। मुझे आभास है कि यह सब मेरे ही कर्मों का फल है। मैं स्त्री लोभ में इतना लीन हो गया था कि मैंने किसी और की ही वधू को पाने की चेष्टा की। महादेव और ब्रह्मा जी के वरदानों ने मुझे ऐसा नेत्रहीन बना दिया था कि मैंने तीनों लोकों में विजय पाने के लिए बल और छल का प्रयोग किया। मैं एक महापापी हूँ और मेरे दोषों का निवारण मृत्यु के पश्चात भी नहीं हो सकता।"

मंदार ने घड़ा उठाया और रावण की ओर बढ़ते हुए कहा, "तुम्हारे महादोषों का निवारण तो केवल महादेव ही कर सकते हैं। यह निर्णय भी कठिन नहीं कि ना तो तुम चरित्रवान थे और ना ही सबसे बलवान। और हाँ रावण, तुमने एक और असत्य कहा कि तुम धरती पर किसी भी राजा से कभी नहीं हारे। तुम्हें महिष्मति राज्य के कर्तव्यवीर सहस्रबाहु अर्जुन ने बड़ी सरलता से पराजित किया था, और तुम हर बार की भांति क्षमा मांगकर वहाँ भी वध होने से बच गए।"

मंदार ने घड़ा रावण के सिर पर फोड़ दिया और चले गए।

ईर्ष्या का महापाप और धन के देवता कुबेर

7

ईर्ष्या का महापाप और धन के देवता कुबेर

महादेव की गहरी आवाज़ फिर से गूंजी, "उठो रावण, अभी तो तुम्हारे छह सिर, अर्थात छह महादोष शेष हैं। आगे रखे अगले सिर से वस्त्र हटाकर देखो वह कौन सा महादोष है, और फिर देखते हैं कौन प्रकट होकर तुम्हारे पृथ्वीलोक में किए गए उस महापाप की तुम्हें स्मृति कराता है।"

रावण धीरे-धीरे पांचवें सिर की ओर बढ़ा और कपड़े को पकड़ते हुए पुनः मंत्रोच्चारण किया, "ॐ नमः शिवाय!" उसने कपड़ा उठाया, और उस सिर पर बड़े अक्षरों में 'ईर्ष्या' लिखा हुआ दिखाई दिया।

महादेव की आवाज़ गूंजी, "ईर्ष्या एक विष है जो व्यक्ति के मन को अशुद्ध करती है। इससे मुक्ति पाने से ही आत्मा को शांति और भीतर के दिव्य प्रकाश को जागृति मिलती है।"

रावण ने तुरंत उत्तर दिया, "ईर्ष्या? महादेव, मुझे किससे ईर्ष्या? मैंने तो तीनों लोकों में विजय पाई है। समस्त धरती में सबसे मूल्यवान सोने की लंका का तो मैं ही स्वामी हूँ। मैं ईर्ष्या नहीं करता, मेरे धन और शौर्य से लोग ईर्ष्या करते हैं - जैसे मेरा अनुज विभीषण, जिसे मुझसे ईर्ष्या थी और इसीलिए मेरे शत्रु राम से जा मिला ताकि मेरी बनाई हुई सोने की नगरी को हड़प ले।"

अचानक, रावण को पीछे से एक आवाज़ सुनाई दी, "सत्य बोलो रावण, सत्य बोलो।"

पीछे से धन के देवता, कुबेर, आए।

महादेव की आवाज़ फिर गूंजी, "अपना परिचय दीजिए धनराज।"

कुबेर ने अपनी आवाज़ में गहरी गंभीरता लाते हुए कहा, "मैं हूँ कुबेर, धन का देवता। मैं सप्तऋषि पुलस्त्य और मानीनी का पौत्र हूँ। मेरे पिता ऋषि विश्रवा और माता ऋषि भारद्वाज की पुत्री इलाविदा हैं। मेरे जन्म का नाम था वैश्रवण, किन्तु मेरी अंतहीन तपस्या और ईश्वर के प्रति लगन से प्रसन्न होकर ब्रह्मदेव ने मुझे देवता की उपाधि दी। उन्होंने मुझे यम, इंद्र, और वरुण देव के साथ चौथा लोकपाल बनाया जिससे मैं उत्तर दिशा का स्वामी और धन का देवता बन गया। सोने की लंका का भी मैं ही राजा था और फिर मेरे छोटे भाई रावण की प्रार्थना पर मैंने ही उसे लंका भेंट में दी थी।"

रावण ने गुस्से में कहा, "भेंट में नहीं, मुझसे पराजय के भय से तुमने मुझे लंका दी थी कुबेर।"

कुबेर ने शांत स्वर में उत्तर दिया, "तुम जैसा कहना ठीक समझो रावण, पर सत्य तो यह है कि सोने की लंका को तुमने नहीं बनाया था और अंत में उसे उजाड़ भी दिया। फिर भी न जाने क्यों यह प्रसिद्ध है कि रावण सबसे अच्छा राजा था।"

रावण ने गर्व से कहा, "कह लो जो तुम्हें कहना है मेरे सौतेले भाई, पर इतिहास में तो यही लिखित रहेगा कि रावण ने कुबेर को युद्ध के लिए ललकारा और धन का देवता राजगद्दी छोड़ भाग गया।"

कुबेर ने रावण की बात को अनसुना करते हुए कहा, "तुम्हें कदाचित उस दिन का स्मरण नहीं रावण। जिस समय तुम युद्ध के इच्छुक मेरे दरबार

में आए थे, उसी क्षण मैंने खड़े होकर तुम्हारा स्वागत किया था। तुमने कहा तुम्हारे नाना राक्षसराज सुमाली की प्रतिदिन यह इच्छा रही थी कि सोने की लंका पर राक्षसों का राज हो। भगवान विष्णु के श्राप के चलते वह ऐसा नहीं कर पाए, किन्तु उन्होंने चतुराई से अपनी पुत्री कैकसी का विवाह हमारे पिता ऋषि विश्रवा से करवा दिया ताकि एक दिन उनका यह सपना भी पूरा हो सके।"

रावण ने क्रोधित होते हुए कहा, "मेरी पूज्या माता कैकसी का नाम अपने दुर्बल मुख से मत लो कुबेर। तुम कभी भी इस योग्य नहीं थे कि मेरा सामना कर सको।"

कुबेर ने गहरी आवाज़ में उत्तर दिया, "भ्राता रावण, तुम्हारी माता कैकसी मेरी भी माता हैं। मैंने कभी अपने-सौतेले में अंतर नहीं किया। यह तो केवल उनकी और तुम्हारी मेरे प्रति ईर्ष्या थी जो तुमने सदा मुझे अपना प्रतिद्वंदी समझा।"

रावण ने गुस्से में कहा, "इस ईर्ष्या की नींव तो पिताजी ने ही रखी थी। हमारे जन्म के पश्चात भी तुम सदैव उनके प्रिय पुत्र रहे। हर वस्तु, हर ज्ञान उन्होंने तुम्हें दिया। मैंने सब कुछ अपने बल-बूते से पाया है।"

कुबेर ने गंभीर स्वर में कहा, "जब माता कैकसी ने पिताजी के समक्ष विवाह का प्रस्ताव रखा तो हमारे अंतर्यामी पिताजी ने उनसे कहा था कि उन दोनों के मेल से ऐसी संताने होंगी जो इस गौरवशाली कुल का नाश करेंगी। जब तुम्हारा, कुम्भकर्ण, और शूर्पणखा का जन्म हो गया तो माता कैकसी ने पिताजी से आग्रह किया कि कोई एक तो हो जो इस पीढ़ी को आगे ले जाए। तब पिताजी ने माता को वरदान दिया कि उनका अंतिम

पुत्र, विभीषण, एक धर्मात्मा होगा जो उनके समस्त कुल के नाम को चिरंजीवी बनकर जीवित रखेगा।"

रावण ने विभीषण का नाम सुनते ही क्रोध में कहा, "विभीषण? उस देशद्रोही का वर्णन भी मत करो मेरे सम्मुख। वह केवल इसलिए जीवित है क्योंकि वह मेरा भाई है। सर्वलोक साक्षी है कि रावण को कोई नहीं पराजित कर सकता था, किन्तु मेरे ही भाई ने शत्रु के साथ मिलकर मेरे सारे गुप्त रहस्य राम को बता दिए, और जो रावण किसी से नहीं हारा वह अपने ही भाई के विश्वासघात से हार गया।"

कुबेर ने शांति से उत्तर दिया, "यह सब कर्मों का फल है रावण। तुमने अपने बड़े भाई से लंका को हरा और उसने अपने बड़े भाई से।"

रावण ने गर्व से कहा, "मैंने लंका तुमसे जीती थी। वह मुझसे सामने से आकर युद्ध करता और लंका जीत लेता।"

कुबेर ने गंभीरता से कहा, "नहीं, पहले मैंने तुम्हें समझाया कि लंका पाने का मार्ग युद्ध नहीं है, मुझसे प्रार्थना कर लेते तो मैं तुम्हें ऐसे ही सब कुछ दे देता। वैसे ही विभीषण ने भी तुम्हें समझाया कि सीता को पाने का मार्ग युद्ध नहीं है, तुम श्रीराम से प्रार्थना कर लेते तो वह तुम्हें क्षमा कर देते। मैं नहीं चाहता था कि लंका में युद्ध के कारण किसी भी निर्दोष लंकावासी का लहू बहे। विभीषण भी नहीं चाहता था कि लंका में युद्ध के कारण किसी भी निर्दोष लंकावासी का लहू बहे। मैंने भी सबकी भलाई के लिए लंका छोड़ दी और विभीषण भी सबकी भलाई के लिए लंका छोड़ चला गया।"

रावण ने अपनी गलती मानते हुए कहा, "तो तुम कहना चाहते हो मेरे कर्मों के परिणामस्वरूप महादेव ने मुझे यह दंड दिया।"

कुबेर ने समझाते हुए कहा, "तुम्हें दंड नहीं शिक्षा मिली रावण। अपने कुकर्मों का फल व्यक्ति को इसी जीवन में भोगना पड़ता है।"

रावण घुटनों के बल बैठते हुए बोला, "भईया कुबेर, आप मुझे सही मार्ग भी तो दिखा सकते थे। आपने तो केवल मेरे दुस्साहस को प्रार्थना का नाम देकर लंका मुझे सौंप दी और स्वयं कैलाश में अलकापुरी जा बसे।"

कुबेर ने गंभीरता से कहा, "शक्तियां पाने के बाद तुमने किसी से प्रार्थना नहीं की, केवल अपना शक्ति प्रदर्शन किया रावण। परंतु तुम यह भूल गए कि इन शक्तियों को पाने के लिए तुमने पहले ब्रह्मदेव और महादेव से प्रार्थना ही की थी। मैं तुमसे भयभीत होकर नहीं, बल्कि अपनी इच्छा से कैलाश गया था, क्योंकि देव महलों में रहते हैं पर महादेव तो कैलाश में रहते हैं। किन्तु यह बड़े दुख की बात है रावण कि तुम्हारी ईर्ष्या की अग्नि फिर भी नहीं बुझी। लंका से प्रस्थान करते समय तुमने मेरा पुष्पक विमान देख लिया और उसे बलपूर्वक हथियाने अलकापुरी भी पहुँच गए। मैंने, केवल मैंने, यह सोचकर कि इतिहास में कभी यह न लिखा जाए कि एक तुच्छ वस्तु के लिए महादेव की नगरी में दो सनातनी भाइयों में युद्ध हुआ, इसलिए तुम्हें वह पुष्पक विमान भी आदरपूर्वक भेंट कर दिया।"

रावण ने पश्चाताप करते हुए कहा, "मुझे क्षमा करें भईया। मैं आपका दोषी हूँ। न केवल आपका, मैं तो समस्त लोकवासियों का दोषी हूँ जिसने सदैव अपने बड़े भाई के साथ अपनी तुलना करने की चेष्टा की। उपहार में मिली आशीर्वाद को आपका भय समझा। अपने ही छोटे भाई को अपना विरोधी समझ देशनिकाला कर दिया। मैं आप सब का दोषी हूँ। मैं कभी नहीं समझा कि अपने भाई से अलग होकर यदि मुझे सारे संसार

की संपत्ति मिल भी गई तो मैं कभी सुखी नहीं रह पाऊंगा। मुझ जैसे कपूति संतान के लिए तो मृत्यु दंड भी पर्याप्त नहीं।"

कुबेर ने घड़ा उठाया और रावण की ओर बढ़ते हुए कहा, "तुम्हारे दंड का निर्णय तो अब महादेव ही करेंगे। एक बात ध्यान में आई - तुम तीनों भाइयों ने मिलकर तपस्या की। ब्रह्मदेव ने प्रसन्न होकर पूछा क्या वरदान चाहिए। तुमने पहले कहा तुम चिरंजीवी होना चाहते हो, जिस पर ब्रह्मदेव ने कहा यह संभव नहीं। फिर तुमने कहा कि तुम्हें कोई भी देवता, असुर, यक्ष, गंधर्व, नाग, या किन्नर पराजित न कर सके, जिस पर ब्रह्मदेव ने कहा तथास्तु। फिर कुम्भकर्ण ने भूल से इंद्रासन के बजाय माता सरस्वती को जिह्वा पे रखकर निद्रासन मांग लिया। परंतु अंत में विभीषण ने कुछ मांगा और ब्रह्मदेव ने उसे चिरंजीवी होने का वरदान दे दिया। सोचने की बात है रावण - यदि ब्रह्मदेव चिरंजीवी होने का वरदान दे सकते थे तो उन्होंने तुम्हें क्यों नहीं दिया और उसी समय कुछ क्षण पश्चात विभीषण को कैसे दे दिया। क्योंकि विभीषण ने वरदान में यह मांगा कि उसे सदैव धर्म के पथ पर चलने और बिना किसी भ्रष्टाचार के धर्म की सेवा करने की शक्ति मिले। ऐसे सदाचार और धर्म को बनाए रखने की मंशा ही व्यक्ति को चिरंजीवी, अर्थात युगों-युगों तक अमर बना देती है।"

कुबेर ने घड़ा रावण के सिर पर फोड़ दिया और चले गए।

घृणा का महापाप और महाबली नंदी

8

घृणा का महापाप और महाबली नंदी

महादेव की गंभीर आवाज़ फिर से गूंजी, "उठो रावण, अभी तो तुम्हारे पाँच सिर, अर्थात पाँच महादोष शेष हैं। आगे रखे अगले सिर से वस्त्र हटाकर देखो वह कौन सा महादोष है, और फिर देखते हैं कौन प्रकट होकर तुम्हारे पृथ्वीलोक में किए गए उस महापाप की तुम्हें स्मृति कराता है।"

रावण धीरे-धीरे छठे सिर की ओर बढ़ा और कपड़े को पकड़ते हुए पुनः मंत्रोच्चारण किया, "ॐ नमः शिवाय!" उसने कपड़ा उठाया, और उस सिर पर बड़े अक्षरों में 'घृणा' लिखा हुआ दिखाई दिया।

महादेव की आवाज़ गूंजी, "जब कोई व्यक्ति घृणा को अपने हृदय में स्थान देता है, तब वह अपने अस्तित्व को विष से भर लेता है, जो सदैव उसके दुख और अशांति का कारण बनती है।"

रावण ने तुरंत उत्तर दिया, "महादेव, मैं तो स्वयं राक्षसकुल का एक असुर हूँ। मुझे लोगों ने घृणा का पात्र बनाया है। मैं भला किससे घृणा करूँगा? और एक विद्वान पंडित होने के नाते मैं आपकी बनाई इस लोक की

समस्त जीवों से प्रेम और सद्भावना रखता हूँ, चाहे वह कोई मानव हो या कोई पशु-पक्षी।"

अचानक, रावण को पीछे से एक आवाज़ सुनाई दी, "सत्य बोलो रावण, सत्य बोलो।"

पीछे से नंदी, महादेव के वाहन और द्वारपाल, आए।

महादेव की आवाज़ फिर गूंजी, "अपना परिचय दीजिए ऋषभराज।"

नंदी ने अपनी आवाज़ में दृढ़ता लाते हुए कहा, "अलख निरंजन। मैं हूँ नंदी, भगवान शिव के निवास का द्वारपाल। जहाँ भी भोलेनाथ स्थापित होते हैं, मैं वहीं उनके द्वार पर अंतहीन प्रतीक्षा करता बैठा मिलूंगा।"

महादेव ने उन्हें पूरा परिचय देने का आदेश दिया, "अपना पूर्ण परिचय दीजिए नंदीकेश्वर।"

नंदी ने विनम्रता से उत्तर दिया, "भोलेनाथ, आपके इस दास का सबसे उच्च कोटि का परिचय यही है कि मैं आपका दास हूँ। जिसे भोलेनाथ ने अपने सम्मुख बैठा लिया हो उसे और किसी उपाधि की क्या आवश्यकता? फिर भी आपके आदेशानुसार मैं बताता हूँ - ऋषि शिलाद ने इंद्रदेव का ध्यान किया। जब इंद्रदेव ने इच्छा पूछी तो शिलाद ऋषि ने माँगा कि उन्हें एक ऐसा पुत्र चाहिए जो किसी कोख से न जन्मे और जो अमर रहे। देवराज इंद्र ने कहा कि ऐसा वरदान तो केवल शिव शंकर ही दे सकते

हैं क्योंकि वही इस जीवन-मरण के चक्र से परे हैं। फिर ऋषि शिलाद ने भोले बाबा की घोर तपस्या की, इतनी कि उनके ऊपर घास-फूस तक उग आए। अंततः भगवान शिव स्वयं प्रकट हुए और उन्हें यह वरदान दिया कि उनका पुत्र शिव का ही एक अंश होगा और उसका नाम होगा नंदी, अर्थात आनंद और प्रसन्नता से भरा।"

रावण ने थोड़ा व्यंग्य करते हुए कहा, "किन्तु महादेव ने तुम्हें अमरत्व का वरदान नहीं दिया।"

नंदी ने अपनी बात पूरी करते हुए कहा, "कहानी तो पूरी सुन लो रावण, वरदान भी आ जाएगा। महादेव से कुछ नहीं छुपा। बस समय से पूर्व और भाग्य से अधिक किसी को कुछ नहीं मिलता। हाँ, तो मैं कहाँ था - मेरा जन्म। जब मैं सात वर्ष का हुआ तो एक दिन हमारे घर वरुण और मित्र मुनि आए। उन्होंने भविष्यवाणी करते हुए मेरे पिता को बताया कि मैं एक ही वर्ष में शरीर त्याग दूँगा। मेरे पिताजी चिंतित हो उठे किन्तु मैंने उनसे कहा कि यदि जीवन देने वाले भोलेनाथ हैं तो मृत्यु का निर्णय भी वही करेंगे, किसी ज्योतिष की भविष्यवाणी नहीं। मैंने एकाग्रता से शिव शंकर की पूजा की। मेरा समर्पण देख भोलेनाथ ने मुझे साक्षात दर्शन दिए और कहा - तुम्हें किस बात की चिंता है नंदी, तुम तो मेरे ही अंश हो। सबसे बड़ा सत्य यह है कि जो जन्म लेता है वह एक दिन अवश्य मरता है। तुम न कभी जन्मे, न कभी मरोगे, और न ही तुम्हें कभी वृद्धावस्था आएगी। भोलेनाथ ने अपनी कंठमाला मेरे गले में डाल दी और कहा -

आज से सदैव तुम मेरे साथ रहोगे। मेरी स्थापना तुम्हारे बिना कभी नहीं होगी। और मैं तुम्हें शिवगणों का प्रमुख घोषित करता हूँ।"

रावण ने तीखे स्वर में कहा, "शिवगण? अर्थात शिव के दास। यही तुम्हारा परिचय है?"

नंदी ने दृढ़ता से उत्तर दिया, "मेरा जो भी परिचय हो, मूर्खता ही तुम्हारा परिचय है रावण। तुमने भोलेनाथ की तपस्या की शक्ति के लिए, और मैंने की भक्ति के लिए।"

रावण ने चुनौती देते हुए कहा, "शक्ति और भक्ति में कोई अंतर नहीं। भक्ति से ही शक्ति आती है।"

नंदी ने समझाते हुए कहा, "भक्ति से मोक्ष की प्राप्ति होती है। शक्ति तो एक माया है, तुम्हें लगता है तुम्हारे पास है, जब तक कोई तुमसे शक्तिशाली तुम्हारे सामने न आ जाए। उसी क्षण सारी शक्ति फुर्र हो जाती है, जैसे उस दिन तुम्हारी हो गई थी जब तुम पहली बार कैलाश आए थे।"

रावण ने तर्क करते हुए कहा, "मैं तो केवल जिज्ञासा से कैलाश पर उतरा था।"

नंदी ने सच्चाई उजागर करते हुए कहा, "नहीं, तुम्हारा पुष्पक विमान कैलाश के ऊपर से नहीं उड़ पा रहा था।"

रावण ने संदेह व्यक्त करते हुए कहा, "हाँ, मुझे लगा तनिक मैं भी देखूँ ऐसी इस जगत में क्या शक्ति है जिसने मेरे पुष्पक विमान को रोक दिया।"

नंदी ने समझाया, "तुम्हारा पुष्पक विमान तो तुम्हारी इच्छाशक्ति से चलता है रावण, किन्तु कैलाश तो भोलेनाथ की इच्छाशक्ति से चलता है।"

रावण ने गर्व से कहा, "मेरी इच्छा तो केवल यह जानने में थी कि तीनों लोकों में विजयी मेरे वाहन को ऐसी कौन सी शक्ति रोक सकती है। फिर मैं पैदल ही कैलाश में प्रवेश कर रहा था जब तुम मेरे मार्ग में आ गए।"

नंदी ने शांतिपूर्ण ढंग से कहा, "मैं द्वारपाल ही तो हूँ। कैलाश में वही प्रवेश कर सकता है जिसका हृदय-भाव शुद्ध हो। तुम तो अपने सामने आने वाली हर वस्तु, हर जीव पर अधिकार पाने आए थे।"

रावण ने गर्व से कहा, "मैं उस दिन तुम्हारा काल बनकर आया था नंदी। मुझ जैसे महाबली से तुम क्या युद्ध करते, इसलिए मैंने तुम्हारे मेरा मार्ग रोकने के दुस्साहस के लिए क्षमा कर दिया।"

नंदी ने तीव्रता से उत्तर दिया, "यदि तुम काल हो तो भोले बाबा महाकाल हैं। दुर्बुद्धि रावण, तुम क्या मुझे क्षमा करते। मैं तुम्हें एक ही क्षण में यमलोक भेज देता, किन्तु कैलाश की पावन धरती तुम जैसे दुष्ट राक्षस के लहू से अशुद्ध हो जाती।"

रावण ने तीखे स्वर में कहा, "एक कायर ही एक महाबली से ऐसे वाक्य कह सकता है।"

नंदी ने दृढ़ता से उत्तर दिया, "महाबली रावण को नहीं, महाबली नंदी को कहा जाता है। अपने शब्दों पर तुम्हारा कतई नियंत्रण नहीं है। इसलिए उस दिन तुमने मेरे रूप पर टिप्पणी करते हुए कहा कि मैं तुम्हें एक वानर जैसा दिखता हूँ। उस एक अपशब्द ने तुम्हारे समस्त अस्तित्व को अंधकार में डाल दिया रावण।"

रावण ने अपनी गलती मानते हुए कहा, "तुम जैसे प्रतीत हो रहे थे वैसा मैंने कहा।"

नंदी ने गंभीर स्वर में कहा, "और मैंने तुम्हें श्राप दिया कि जिस भांति तुमने मेरे रूप की तुलना एक वानर से करके मेरे हृदय में अग्नि प्रज्वलित की है, एक दिन एक वानर ही तुम्हारे राज्य को अग्नि से नष्ट कर देगा। उस दिन तुम्हारी नगरी और तुम्हारा घमंड, दोनों भस्म हो जाएंगे। फिर पवनपुत्र हनुमान ने एक दिन अपनी पूंछ में लगी तुम्हारी ही अग्नि से तुम्हारी ही सोने की नगरी को राख कर दिया। यह विचार करने की बात है रावण - वह हनुमान भगवान शिव का ही ग्यारहवां रुद्र अवतार है।"

रावण ने गहरी सांस लेते हुए कहा, "मुझे क्षमा करें नंदीदेव, मैं अपनी नई शक्तियों के उत्साह में चूर था। मैं आपके कथन को नहीं समझ पाया। मैं उस शक्ति को पाना चाहता था जो कैलाश में रहती है।"

नंदी ने शांतिपूर्ण स्वर में उत्तर दिया, "यदि तुम हाथ जोड़कर आते तो मैं अत्यंत प्रसन्नता से तुम्हें बताता कि शिव को पाने के तीन पड़ाव हैं - कर्म, ज्ञान, और भक्ति। जो इस मार्ग पर चलना चाहते हैं उन्हें पहले अपने सारे कर्मों को सही करना होगा। फिर किसी गुरु या शुद्ध आचरण के व्यक्ति से पूर्ण ज्ञान लेना होगा। और अंत में अपना जीवन भोले बाबा की भक्ति में समर्पित करना होगा। इस प्रकार तुम्हारा जीवन सफल हो जाएगा और क्या पता एक दिन भोलेनाथ के साक्षात दर्शन ही हो जाएं।"

रावण ने पश्चाताप व्यक्त करते हुए कहा, "मुझे भी घोर तपस्या के उपरांत महादेव के दर्शन हुए थे। चढ़ावे में नारियल नहीं मिला तो मैंने अपना शीश काटकर यज्ञ में चढ़ाया। उसी से प्रसन्न होकर महादेव ने मुझे दस सिरों का वरदान दिया। किन्तु मेरे कर्मों ने ही मेरी शक्तियों और समर्पण का विनाश कर दिया और मेरा जीवन कभी सफल न हो सका।"

नंदी ने घड़ा उठाया और रावण की ओर बढ़ते हुए कहा, "तुम कभी तपस्या और साधना के विशाल अंतर को नहीं समझे रावण। जानते हो मेरी मूर्ति को सदैव शिवलिंग के निश्चित सीध में क्यों रखते हैं? क्योंकि मेरी एकाग्रता और मेरा ध्यान केवल और केवल भोलेनाथ पर है, अनंतकाल तक। इसलिए शिवलिंग, जो हम सबको महादेव से जोड़ती है, उसकी परिक्रमा आधी की जाती है, ताकि नंदी और महाकाल के मध्य में कोई न आ जाए। शिवलिंग के गर्भगृह की कीवाड़ छोटी होती है जिससे प्रवेश

कर रहा व्यक्ति नमन करता हुआ भीतर आए और अपनी सारी सांसारिक कामनाएँ और उपलब्धियाँ बाहर ही त्याग कर आए। और हाँ, जाते-जाते मेरे कानों में अपनी इच्छाएँ बोलना की भी प्रथा है क्योंकि मैं ही वह हूँ जो बाहर से भीतर के लोक को जोड़ता है।"

नंदी ने घड़ा रावण के सिर पर फोड़ दिया और चले गए।

भ्रम का महापाप और शनिदेव

9

भ्रम का महापाप और शनिदेव

महादेव की गंभीर आवाज़ एक बार फिर गूंजी, "उठो रावण, अभी तो तुम्हारे चार सिर, अर्थात चार महादोष शेष हैं। आगे रखे अगले सिर से वस्त्र हटाकर देखो वह कौन सा महादोष है, और फिर देखते हैं कौन प्रकट होकर तुम्हारे पृथ्वीलोक में किए गए उस महापाप की तुम्हें स्मृति कराता है।"

रावण धीरे-धीरे सातवें सिर की ओर बढ़ा और मंत्रोच्चारण करते हुए कपड़े को पकड़ा, "ॐ नमः शिवाय!" उसने कपड़ा उठाया, और उस सिर पर बड़े अक्षरों में 'भ्रम' लिखा हुआ दिखाई दिया।

महादेव की आवाज़ गूंजी, "भ्रम एक माया है जो व्यक्ति को सच्चाई से दूर करती है, इससे मुक्ति पाने से ही आत्मा को ज्ञान और स्पष्टता मिलती है।"

रावण ने तुरंत जवाब दिया, "महादेव, मैं सारे वेदों और शास्त्रों में निपुण हूँ, मुझे कैसा भ्रम। मेरी तो सारी विद्याएं, सारी शक्तियाँ सत्य हैं, और यह भी सत्य है कि मुझे तीनों लोकों में कोई भी पराजित नहीं कर सकता था। मैं ही नहीं, मेरे पुत्र मेघनाथ को भी कोई नहीं हरा सकता था, अपितु उसको छल से निकुंभला देवी के अनुष्ठान करते समय लक्ष्मण ने वध कर दिया।"

अचानक, रावण को पीछे से एक आवाज़ सुनाई दी, "सत्य बोलो रावण, सत्य बोलो।"

पीछे से अंधकार के देवता, शनिदेव, आए।

महादेव की आवाज़ फिर गूंजी, "अपना परिचय दीजिए कर्मफलदाता।"

शनिदेव ने अपनी गंभीर आवाज़ में कहा, "मैं हूँ सूर्यपुत्र शनि; कठिनाइयाँ, क्लेश, और दुर्भाग्य का देवता। मेरी माता संजना मेरे पिता की गर्मी और प्रकाश को सहन नहीं कर पा रही थीं, इसलिए उन्होंने अपनी एक छाया बनाई और स्वयं सन्यास में चली गईं। मैं उस छाया और सूर्य से उत्पन्न हुआ एक ऐसी संतान हूँ जिसे देखते ही नवग्रह के स्वामी का भी तेज़ कम हो गया। उस दिन से मुझसे सब डरते हैं और दिन-रात प्रार्थना करते हैं कि मेरी वक्रदृष्टि किसी पर भी न पड़े।"

रावण ने तीखे स्वर में कहा, "तो तुम मानवता के लिए केवल एक क्रूर ग्रह हो और कुछ नहीं? तुम नवग्रह में ना ही होते तो अच्छा था।"

शनिदेव ने शांतिपूर्ण ढंग से उत्तर दिया, "मैं व्यक्ति को उसकी सोच, वाणी, और कर्म के आधार पर फल देता हूँ। मैं परिश्रम का भी देवता हूँ और लंबी आयु का भी।"

रावण ने व्यंग्य करते हुए कहा, "लंबी आयु का देवता? मैंने तुम्हें अपने पैरों के नीचे दबाकर रखा, परंतु फिर भी मेरा शूरवीर पुत्र मेघनाथ अल्पायु हो गया।"

शनिदेव ने दृढ़ता से कहा, "मंदबुद्धि रावण, देवताओं पर शक्तिप्रदर्शन नहीं किया जाता, उनसे प्रार्थना की जाती है। जो लोग सोचते हैं कि वे पूर्वलिखित भाग्य में बल से परिवर्तन ला सकते हैं वे मूर्ख कहलाते हैं। अच्छे भाग्य का एक ही उपाय है - आस्था।"

रावण ने गर्व से कहा, "लगता है तुम्हें स्मरण नहीं, मैंने कैसे तुम्हें पराजित करके बंदी बना लिया था।"

शनिदेव ने गंभीरता से कहा, "शनि आपके कुकर्मों का आभास कराने ही आपके जीवन में आता है। मुझे स्मरण है रावण - तुम एक सटीक ज्योतिष थे। जब तुम्हारी भार्या मंदोदरी गर्भ से थी तो तुम चाहते थे कि तुम्हारा पुत्र अमर रहे और वह असाधारण शक्तियों और क्षमताओं का धनी हो। इसलिए तुमने सूर्य मंडल में आकर सारे ग्रहों को एक सीधी रेखा में खड़ा कर दिया जिससे एक ऐसा उत्तम संयोग बन सके कि मेघनाथ के जन्म कुंडली में सारे ग्रह उसके ग्यारहवें घर में विराजमान हों। किंतु मैं शनि अंतिम क्षण में बारहवें घर में स्थापित हो गया और तुम्हारा वीर पुत्र अल्पायु बन गया।"

रावण ने क्रोधित होकर कहा, "और इसके प्रत्युत्तर में मैंने तुम्हारे पैर तोड़कर तुम्हें बंदी बना लिया और लंका ले जाकर अपने सिंहासन के सामने गिरा दिया ताकि जब भी मैं अपनी राजगद्दी पर बैठूं, तो तुम्हारे ऊपर पैर रखकर बैठूं।"

शनिदेव ने शांति से उत्तर दिया, "शनि को समय लगता है, पर एक बार आ जाए तो कालपुरुष स्वयं मृत्यु माँगता है। बारी तो तुम्हारी भी आई जब एक दिन नारद मुनि तुम्हारे दरबार में पधारे और मुझे तुम्हारे पैरों के नीचे देख तुमसे बोले - हे महाशक्तिशाली, तीनों लोकों के विजेता रावण, तुम शनिदेव के पीठ पर पैर रखकर बैठो, यह तुम्हारी उपाधि को शोभा नहीं देता। तुम्हें तो इनकी छाती पर पैर रखकर अपने शौर्य का प्रदर्शन करना चाहिए। तुम अज्ञानी अपने बुरे समय को आता नहीं देख पाए और मुझे पलट कर मेरी छाती के ऊपर पाँव रखकर बैठ गए। तुमने शनि का मुख अपनी ओर घुमा दिया और देखो आज तुम्हारी क्या दुर्दशा हो गई है।"

रावण ने गर्व से कहा, "तुम्हारी वक्र दृष्टि मुझ पर तो पड़ी पर मेरा कुछ नहीं कर सकी। तुम फिर भी कई वर्षों तक मेरे बंदी रहे।"

शनिदेव ने धीरज के साथ कहा, "शनि की दृष्टि एक साथ नहीं, अपितु धीरे-धीरे प्रभाव डालती है। तुम्हारे कुल का पतन उसी दिन से आरंभ हो गया था रावण। अरे, शनि की साढ़े साती से तो भगवान शिव भी नहीं बच सके, उन्हें भी ठंडे पानी में साँस रोककर साढ़े सात साल रहना पड़ा था।"

रावण ने क्रोधित होकर कहा, "मैं और मेरा पुत्र तुम्हें कभी भी मृत्यु के घाट उतार सकते थे, किंतु हम देवहत्या के भागीदार नहीं बनना चाहते थे। इसलिए हमने तुम्हें जीवित रखा।"

शनिदेव ने स्पष्ट किया, "नहीं, तुम शनि के प्रभाव को कम तो कर सकते हो, समाप्त नहीं कर सकते।"

रावण ने तर्क करते हुए कहा, "मेरा पुत्र मेघनाथ इंद्र को पराजित कर इंद्रजीत कहलाया। तुम तो केवल एक छोटे से ग्रह के स्वामी हो।"

शनिदेव ने गंभीरता से उत्तर दिया, "मेघनाथ ने तो इंद्रदेव से युद्ध करके विजय प्राप्त करी, मेरी तो एक दृष्टि से देवराज इंद्र स्वर्गलोक छोड़ के भाग गए। फिर, देवों के देव, महादेव, स्वर्गलोक पधारे और मुझसे इंद्रदेव को उनका स्थान लौटाने को कहा। मैं नहीं माना तो भोलेनाथ ने मुझे एक पीपल के पेड़ से उन्नीस वर्षों के लिए उल्टा लटका दिया। उसके पश्चात मैंने केवल भगवान शिव की ही आराधना की और महादेव ने मेरी निष्ठा देख मुझे अपना परम-शिष्य बना लिया और सारे नवग्रहों में मुझे सर्वश्रेष्ठ होने का वरदान दिया। तब से जहाँ भी शिव भगवान का मंदिर बनता है तो मुझे उनके द्वार के बगल में एक कक्ष अवश्य दिया जाता है।"

रावण ने दुःखी होकर कहा, "इंद्रजीत आज जीवित होता यदि उसे छल से न मारा गया होता।"

शनिदेव ने कड़ाई से उत्तर दिया, "इंद्रजीत आज जीवित होता यदि उसके मस्तिष्क में सही आचरण और संस्कार डाले होते। जब तुम्हारे पुत्र मेघनाथ ने देवराज इंद्र को युद्ध में पराजित किया, तो वह उनका वध करना चाहता था। ब्रह्मदेव ने उसे रोका और कोई वरदान माँगने को कहा। उसने अमृतत्व माँगा जिसे ब्रह्मदेव ने अस्वीकार किया और कहा कि जिसने जन्म लिया है उसकी मृत्यु तो निश्चित है। तब बुद्धिहीन मेघनाथ को यह लगा कि वह एक ऐसा वरदान माँग ले जिसका तोड़ हो ही नहीं सकता। उसने माँगा कि उसको एक ऐसा मानव ही मार सके जो चौदह

वर्षों से सोया न हो। ब्रह्मदेव ने कहा तथास्तु।"

रावण ने तर्क दिया, "यह उसके उच्च बुद्धि-समर्थ्य का कौशल था, क्योंकि कोई भी मानव इतने वर्षों तक सोए बिना जीवित नहीं रह सकता।"

शनिदेव ने गहरी साँस लेते हुए कहा, "शनि की महादशा में तो बड़े-बड़े सूरमा भी ऐसे निर्णय ले लेते हैं जो उन्हें सर्वनाश की ओर ले जाएं। मेघनाथ के साथ भी कुछ ऐसा ही हुआ। श्री राम के अनुज लक्ष्मण जब वन में थे तो उन्होंने कठिन प्रार्थना कर निद्रा की देवी से यह वरदान माँगा कि जब तक वह वनवास में हैं, उन्हें नींद न आए ताकि वह अपने भाई और भाभी की कुटिया के बाहर रात को पहरा दे सकें। निद्रा की देवी ने कहा कि रात की नींद कोई भी मानव लंबे समय तक टाल नहीं सकता, तो किसी को तो लक्ष्मण की चौदह वर्षों की नींद लेनी पड़ेगी। तब लक्ष्मण ने देवी से प्रार्थना की, कि वह नींद उसकी पत्नी उर्मिला को मिल जाए जो अयोध्या में है, ताकि उसकी भी इतनी लंबी प्रतीक्षा कष्टहीन रहे। इस कारणवश लक्ष्मण वह व्यक्ति बने जो चौदह वर्षों तक नहीं सोए और उनके हाथों ही मेघनाथ का वध हुआ।"

रावण ने अपना बचाव करते हुए कहा, "मेघनाथ का वध लंकाभेदी विभीषण के कारण हुआ जिसने निकुंभला देवी के अनुष्ठान में विघ्न डालकर मेघनाथ को चिरंजीवी होने से रोक दिया।"

शनिदेव ने तीखे स्वर में उत्तर दिया, "मेघनाथ का काल तो उसी दिन आरंभ हो गया था जिस दिन उसने शेषनाग की पुत्री सुलोचना से विवाह

किया। मेघनाथ को सुलोचना भा गई किंतु शेषनाग को यह रिश्ता स्वीकार न था। मेघनाथ ने उनको चेतावनी दी कि उसके पिता रावण को यह वरदान प्राप्त है कि वह देवताओं और नागों से नहीं पराजित हो सकते। फिर शेषनाग को न चाहते हुए भी अपनी पुत्री सुलोचना का विवाह मेघनाथ से करवाना पड़ा। लक्ष्मण कोई और नहीं, शेषनाग का ही अवतार हैं। युद्ध में मेघनाथ ने अपने त्रि-अस्त्र - ब्रह्मास्त्र, वैष्णवास्त्र, और पाशुपतास्त्र - के साथ लक्ष्मण पर प्रहार किया किंतु शेषनाग के अवतार पर इन अस्त्रों का एक चींटी काटने जितना भी प्रभाव नहीं पड़ा। फिर तुम्हारा प्रिय पुत्र तुम्हारे पास आया था यह बताने, प्रार्थना करने कि लक्ष्मण कोई साधारण मानव नहीं लगता और तुम्हें श्री राम से संधि कर इस युद्ध को रोक देना चाहिए। तुम यह बात भली-भांति जानते थे क्योंकि तुम भी तो लक्ष्मण रेखा पार नहीं कर पाए थे, परंतु तुम नहीं माने और अपने इतने योग्य पुत्र को कायर कहने लगे। अपना पुत्र धर्म निभाने उस महारथी ने युद्ध में अपने प्राण तक गंवा दिए।"

रावण ने पश्चाताप व्यक्त करते हुए कहा, "मुझे क्षमा कर दीजिए शनिदेव, मैं आपके रूप और आपके स्वरूप को नहीं पहचान सका। मैंने अपने उस पुत्र को मरने भेज दिया जो मुझसे इतना प्रेम, आदर, और सत्कार करता था। मैंने आपको भी यह सोचकर बंधक बना लिया कि मैं विधि के विधान को बदल सकता हूँ। मुझ अधर्मी को तो हजारों वर्षों तक नरक भोगना चाहिए।"

शनिदेव ने घड़ा उठाया और रावण की ओर बढ़ते हुए कहा, "सब कर्मों का फल है रावण। होनी को भला कौन टाल पाया है? जब हनुमान अपनी

पूंछ से सारी लंका जला रहे थे तो उन्होंने एक कालकोठरी में मुझे देखा। उन्होंने पूछा - शनिदेव आप यहाँ इस अवस्था में कैसे? मैंने बताया कैसे तुमने मेरे पैर तोड़कर मुझे बंदी बना लिया था। उन्होंने मुझे तुरंत मुक्त कराया और ऊपर ले जाकर नवग्रहों में मुझे मेरे सही स्थान पर स्थापित कर दिया। उसके पश्चात शनि के प्रकोप से युद्ध में पहला मरने वाला योद्धा तुम्हारा पुत्र इंद्रजीत ही था। हनुमान ने मेरी सेवा करते हुए मेरे पैरों और पूरे शरीर पर सरसों का तेल लगाया जिससे मुझे आराम मिला। उन्हें मैंने यह आशीर्वाद दिया कि जो व्यक्ति श्री हनुमान की पूजा करेगा उसे शनि का कभी प्रकोप नहीं सहना पड़ेगा। उसी दिन से मेरी प्रतिमाओं पर सरसों के तेल से अभिषेक करने की प्रथा भी आरंभ हो गई। एक और बात रावण - तुम्हारे पतन में मेरे एक और वंशज का भी योगदान रहा है। सुग्रीव, जो मेरे ही पिता सूर्य का एक पुत्र है, उसी की वानर सेना के साथ श्री राम तुमसे युद्ध करने आए थे।"

शनिदेव ने घड़ा रावण के सिर पर फोड़ दिया और चले गए।

10

भय का महापाप और वैकुण्ठ का द्वारपाल विजय

महादेव की गंभीर आवाज़ फिर से गूंजी, "उठो रावण, अभी तो तुम्हारे तीन सिर, अर्थात तीन महादोष शेष हैं। आगे रखे अगले सिर से वस्त्र हटाकर देखो वह कौन सा महादोष है, और फिर देखते हैं कौन प्रकट होकर तुम्हारे पृथ्वीलोक में किए गए उस महापाप की तुम्हें स्मृति कराता है।"

रावण ने धीरे-धीरे आठवें सिर की ओर कदम बढ़ाए और वस्त्र पकड़ते हुए मंत्रोच्चारण किया, "ॐ नमः शिवाय!" उसने कपड़ा उठाया, और उस सिर पर बड़े अक्षरों में 'भय' लिखा हुआ देखा।

महादेव की आवाज़ गूंजी, "जब व्यक्ति भय का अधीन होता है, तब वह अपने जीवन में निर्णय लेने और आगे बढ़ने में असमर्थ हो जाता है। यह उसके विकास में प्रमुख बाधा बनती जाती है।"

रावण ने आत्मविश्वास से उत्तर दिया, "महादेव, मैं तो स्वयं राक्षसराज हूँ, परमशक्तिवान। मुझे किसीसे कैसा भय। मुझसे तो सारी सृष्टि भय करती है। तीनों लोकों में मेरी हाहाकार है। मेरे तो नाम से ही सर्व संसार कांपता है। समस्त देवताओं तक को मुझसे भय है। अगर मेरे अपनों ने मेरा साथ दिया होता तो राम को मेरे समक्ष खड़े होने मात्र के लिए भी दूसरा जन्म लेना पड़ता।"

अचानक, पीछे से एक आवाज़ सुनाई दी, "सत्य बोलो रावण, सत्य बोलो।"

पीछे से विजय, वैकुंठ के द्वारपाल, आए।

महादेव की आवाज़ फिर गूंजी, "अपना परिचय दीजिए रक्षकाधिपति।"

विजय ने शांतिपूर्ण ढंग से कहा, "मैं हूँ विजय, वैकुंठ का द्वारपाल। वैकुंठ, जहाँ श्री हरि अर्थात महाविष्णु का वास है, वहाँ के मैं और मेरे भाई जय द्वारपाल थे। किंतु काल के चक्र से कौन बच पाया है। विनाश काले, विपरीत बुद्धि। अज्ञानता में हमारे मुख से अतिथियों के लिए अपशब्द निकल गए और हम युगों-युगों तक श्री हरि से दूर हो गया।"

रावण ने थोड़े आश्चर्य से पूछा, "मैंने तुम्हें पहचाना नहीं, कौन हो तुम?"

विजय ने उत्तर दिया, "तुमने तो कई बार बहुतों को नहीं पहचाना रावण, और आज एक असुर बनकर मोक्ष की प्रार्थना कर रहे हो।"

रावण ने ताने में कहा, "एक नीच श्रेणी का द्वारपाल मुझे प्रवचन दे रहा है?"

विजय ने गंभीरता से कहा, "मैं दो जन्मों पहले का तुम्हारा ही भाई हूँ रावण। मेरा नाम है विजय और उस जन्म में तुम्हारा नाम था जय। हमारी भक्ति देखकर हम दोनों को श्री हरि ने अपना द्वारपाल नियुक्त किया था। हम अपना कर्तव्य पूरी निष्ठा से निभा रहे थे, किंतु एक दिन हमसे द्वार पर आए अतिथियों का तिरस्कार हो गया और उसके परिणामस्वरूप हमें राक्षस योनि में जन्म लेना पड़ा। यह त्रेता युग है और तुम जय रावण बने और मैं विजय कुम्भकर्ण बना।"

रावण ने तिरस्कार करते हुए कहा, "अपनी तुलना मेरे स्वर्गवासी भाई कुम्भकर्ण से करने की चेष्टा मत कर नीच। मेरा देहांत हो चुका है, फिर भी मुझमें इतना बल है कि मैं एक तुच्छ द्वारपाल का वध तो अभी कर ही सकता हूँ।"

विजय ने शांत स्वर में उत्तर दिया, "लगता है तुम्हें स्मरण नहीं, दो जन्मों पहले की बात है न। मैं तुम्हें पूरी गाथा संक्षेप में सुनाता हूँ - हम दोनों भाई अर्थात जय और विजय, श्री हरि के निवास वैकुंठ के द्वारपाल थे। एक दिन द्वार पर चार पंच-वर्षीय कुमार आए और कहा कि वह भगवान विष्णु के दर्शन करना चाहते हैं। हमें लगा वह बालक हैं जो कोई खेल कर रहे हैं। हमने कहा अभी श्री हरि विश्राम कर रहे हैं। यह सुनते ही वह बोले ईश्वर कभी विश्राम नहीं करते, नहीं तो सृष्टि कैसे चलेगी। लक्ष्मीनारायण तो स्वयं समय के स्वामी हैं। हमने फिर भी उन्हें भीतर नहीं जाने दिया। उन्हें क्रोध आ गया और उन्होंने घोषणा करते हुए कहा - जो भी कोई ईश्वर और भक्त के बीच आता है, उसे किसी न किसी रूप में अवश्य दंड मिलता है। आप दोनों द्वारपालों में अपने पद का अहंकार आ गया है और वैकुंठ में अहंकारियों के लिए कोई स्थान नहीं है। इसलिए हम आपको श्राप देते हैं कि आप दोनों अब अपनी प्रवृत्ति के अनुसार असुर बन जाएं और मृत्यु लोक, अर्थात पृथ्वी पर चले जाएं।"

रावण ने चुपचाप पूछा, "फिर क्या हुआ?"

विजय ने कहा, "हम दोनों तत्काल भाग कर श्री हरि के पास गए और उन्हें पूरा कथन सुनाया। श्री हरि ने बताया कि वह चारों कुमार कोई और नहीं

बल्कि ब्रह्मा जी के मानसपुत्र संकादिक ऋषि - सनक, सनंदन, सनातन, और सनत्कुमार हैं। हमने अज्ञानता में हुई भूल की क्षमा माँगी तो श्री हरि ने कहा कि किसी भी ऋषि के दिए श्राप को तो भोगना ही होगा, उससे कोई नहीं बच सकता।"

रावण ने गंभीरता से कहा, "फिर?"

विजय ने कहा, "फिर हमने श्री हरि से निवेदन किया कि यह घटना पूर्ण रूप से हमारा अपराध नहीं है। हम तो द्वारपाल होने के नाते अपना कर्तव्य पालन कर रहे थे। हम उन ऋषियों के बाल रूप को नहीं पहचान सके और किसी भी संदिग्ध अतिथि की पूरी तरह पुष्टि करने के पश्चात ही हम भीतर जाने दे सकते थे। इस तर्क को स्वीकारते हुए श्री हरि ने हमें दो विकल्प दिए - या तो हम सात जन्मों तक मनुष्य योनि में जन्म लेंगे और आजीवन श्री हरि की भक्ति करेंगे, या तो हम तीन जन्मों तक राक्षस योनि में जन्म लेंगे और उनके कट्टर शत्रु बनेंगे, जिसका उद्धार भी भगवान विष्णु के अवतार ही करेंगे। उसके पश्चात हम फिर से वैकुंठ के द्वारपालों के पद पर नियुक्त कर दिए जाएँगे।"

रावण ने उत्सुकता से पूछा, "तो हमने क्या विकल्प चुना?"

विजय ने बताया, "सात जन्मों तक श्री हरि से दूर रहने का धैर्य हममें नहीं था। हमने तो कहा आप हमें तीन जन्मों तक राक्षस योनि ही दे दीजिए, इससे हम आपके समीप शीघ्र ही आ जाएँगे और आपके विपरीत रहने पर हमें आपके विभिन्न अवतारों के दर्शन भी प्राप्त होंगे जो हमारे नश्वर शरीर को मुक्त कर देंगे।"

रावण ने हैरानी से कहा, "तो क्या मैं जैसा सोच रहा हूँ, राम ही वह लक्ष्मीनारायण के अवतार हैं?"

विजय ने सिर हिलाते हुए कहा, "जी हाँ, किंतु यह हमारे दंड भोगने का दूसरा जन्म है। इससे पहले हम सतयुग में हिरण्यकशिपु और हिरण्याक्ष के नाम से प्रसिद्ध थे। इस त्रेता युग में हम रावण और कुम्भकर्ण हुए। अपने अंतिम जन्म, द्वापर युग में हम शिशुपाल और दंतवक्र कहलाएँगे।"

रावण ने धीरे-धीरे सिर झुकाते हुए कहा, "यदि मैं रावण भविष्य की चिंता करता तो आज इस अवस्था में नहीं होता। मुझे हमारे पूर्व जन्म के बारे में विस्तार से बताओ।"

विजय ने विस्तार से कहा, "प्रजापति दक्ष और पंचजनी ने अपनी पुत्रियों का विवाह सप्तऋषि कश्यप से कर दिया। अदिति, जो धार्मिक प्रवृत्ति की थीं, उन्होंने देवों को जन्म दिया - वरुण, इंद्र, और सूर्य। वह देवमाता कहलाईं। यह देखकर छोटी बहन दिति ने भी ऋषि कश्यप से पुत्र प्राप्ति की कामना की। ऋषि कश्यप ने बताया कि उनके लिए वह मुहूर्त शुभ नहीं है। दिति में इतना धैर्य नहीं था और फिर जन्मे दैत्य - हिरण्याक्ष और हिरण्यकशिपु। हिरण्याक्ष, अर्थात मैं, समस्त पृथ्वी को ही जल में विसर्जित कर बैठा। फिर भगवान विष्णु अपने वराह रूप में अवतरित हुए और मुझे पराजित कर अपने शीश से पूरी पृथ्वी को जल से बाहर निकाला।"

रावण ने पूछा, "और मैं?"

विजय ने उत्तर दिया, "तुम थे महाबली हिरण्यकशिपु, जिसने ब्रह्मदेव की घोर तपस्या की और जब ब्रह्मदेव प्रसन्न होकर प्रकट हुए तो तुमने अमरत्व की मांग रखी। अस्वीकारे जाने पर तुमने वरदान मांगा कि - न तो तुम्हें कोई मनुष्य मार सके न जानवर, न तो कोई दिन में मार सके न रात में, न तो कोई घर के अंदर मार सके न बाहर, न तो कोई धरती पर मार सके न आकाश में, और न तो कोई अस्त्र से मार सके न किसी शस्त्र से।"

रावण ने प्रशंसा करते हुए कहा, "अद्‌त।"

विजय ने गंभीरता से कहा, "इस वरदान के पश्चात तो तुम अपने आपको स्वयं नारायण समझने लगे। तुमने सारे क्षेत्र में घोषणा भी कर दी कि केवल तुम्हारी ही पूजा की जाएगी। किंतु तुम्हारा अपना पुत्र, प्रह्लाद, जन्म से ही श्री हरि का भक्त था। जब तुम्हें समझ आ गया कि पुत्र प्रह्लाद के हृदय से तुम श्री हरि की भक्ति को नहीं हटा सकते तो तुमने संकल्प लिया कि तुम प्रह्लाद को मृत्यु दंड दोगे। तुम्हारे कई प्रयत्न व्यर्थ गए। एक बार तो तुम्हारी बहन होलिका, जिसे यह वरदान प्राप्त था कि उसे अग्नि से कोई प्रभाव नहीं होगा, वह प्रह्लाद को अपनी गोद में लेकर विशाल अग्निहोत्र में बैठ गई। प्रह्लाद नारायण का नाम जपता रहा और होलिका ही दहन हो गई। फिर अंततः तुमने प्रह्लाद से कहा कि वह श्री हरि को तुम्हारे समक्ष लाए ताकि तुम उनसे युद्ध करके यह सिद्ध कर सको कि तुम ही परमात्मा हो।"

रावण ने गंभीरता से पूछा, "फिर क्या हुआ?"

विजय ने उत्तर दिया, "भगवान विष्णु आए अपने नरसिंह अवतार में। उन्होंने तुम्हें तुम्हारे घर की चौखट पर, संध्या के समय, अपनी जांघों पर लिटाकर, अपने पंजों से चीर दिया। न तो वह कोई मनुष्य थे न जानवर, न उस समय दिन हो रहा था न रात, न तो तुम घर के अंदर थे न बाहर, न तो तुम धरती पर थे न आकाश में, और न तो उन्होंने कोई अस्त्र का उपयोग किया न शस्त्र का।"

रावण ने क्रोध में कहा, "यह तो छल है - पहले वरदान दो और फिर उसका ही तोड़ निकाल कर मृत्यु भी दे दो।"

विजय ने समझाते हुए कहा, "छल नहीं नीति है, अपने कर्मों का फल तो हमें भोगना ही होता है - चाहे वह पिछले जन्म के हों या इस जन्म के। विधि का भी खेल देखो रावण, हमारे दोनों जन्मों में कई समानताएं हैं। दोनों जन्मों में हमारे पिता ऋषि थे जिनकी पहली पत्नी से देव उत्पन्न हुए और दूसरी से राक्षस। दोनों जन्मों में हमारी माताएं भी एक ही प्रवृत्ति की थीं। पहले जन्म हम थे दो भाई, हिरण्याक्ष और हिरण्यकशिपु, और एक बहन होलिका। तुम्हारा पुत्र हुआ प्रह्लाद जो सदैव तुम्हें श्री हरि के शरण में जाने को कहता रहा। इस जन्म में भी हम थे दो भाई, कुम्भकर्ण और रावण, और एक बहन शूर्पणखा। हमारा एक और भाई हुआ, विभीषण, जो सदैव तुम्हें श्री हरि, अर्थात राम, के शरण में जाने को कहता रहा। तुम्हें दोनों जन्मों में ब्रह्मदेव से ऐसे वरदान मिले जिससे तुम्हें कोई पराजित न कर सके, किंतु तुम अपने आप को देवों से भी ऊपर मान बैठे और अंत में जीत सत्य की हुई।"

रावण ने सिर झुकाते हुए कहा, "मैं कितना भाग्यशाली हूँ कि मुझ जैसे नीच श्रेणी के द्वारपाल को ऐसा अवसर मिला कि स्वयं श्री हरि ने अवतरित होकर मुझे मुक्ति प्रदान की। मैं मूर्खशिरोमणि अपने राक्षसराज होने पर गर्व करता रहा किंतु यह नहीं समझा कि अधर्म का मार्ग अंधकार की ओर ही ले जाता है। युगों-युगों तक इस बात की ही चर्चा होगी कि कैसे पाप और अधर्म को मिटाने भगवान इस धरती पर आते रहेंगे।"

विजय ने घड़ा उठाया और रावण की ओर बढ़ते हुए कहा, "सतयुग में ईश्वर स्वयं धरती पर आए, त्रेता युग में उन्होंने अपने अवतार को भेजा, और द्वापर युग में वह एक सहायक बनेंगे। किंतु कलियुग में तो ऐसा होगा कि मनुष्य स्वयं को ही भगवान मानने लग जाएगा। वह परिणाम की चिंता किए बिना कुकर्म करेगा, और कुछ तो अपना ही दरबार लगा लेंगे जिसका मूल होगा दूसरों को उल्टा पाठ पढ़ाकर भयभीत करो और फिर उनका धर्म परिवर्तन करवा दो। धर्म व्यापार बन जाएगा और राक्षस हिंसा करेंगे फिर भी शांति-दूत कहलाएँगे। एक बात तो रह ही गई - द्वापर युग में हम दोनों शिशुपाल और दंतवक्र के रूप में जन्म लेंगे जिसका वध करेंगे मुरलीवाले सुदर्शन चक्रधारी।"

विजय ने घड़ा रावण के सिर पर फोड़ दिया और चले गए।

स्वार्थ का महापाप और देवादिदेव महादेव

11

स्वार्थ का महापाप और देवादिदेव महादेव

महादेव की गंभीर आवाज़ फिर से गूंजी, "उठो रावण, अब भी तुम्हारे दो सिर, अर्थात दो महादोष शेष हैं। आगे रखे अगले सिर से वस्त्र हटाकर देखो वह कौन सा महादोष है, और फिर देखते हैं कौन प्रकट होकर तुम्हारे पृथ्वीलोक में किए गए उस महापाप की तुम्हें स्मृति कराता है।"

रावण ने धीरे-धीरे अंतिम रखे सिर की ओर कदम बढ़ाए और वस्त्र पकड़ते हुए मंत्रोच्चारण किया, "ॐ नमः शिवाय!" उसने कपड़ा उठाया, और उस सिर पर बड़े अक्षरों में 'स्वार्थ' लिखा हुआ देखा।

महादेव की आवाज़ गूंजी, "स्वार्थ से मुक्ति पाकर व्यक्ति अपने जीवन में दया और समर्पण का अनुभव कर सकता है, जो कि सच्ची आध्यात्मिक उन्नति का यथार्थ मार्ग है।"

रावण ने विनम्रता से उत्तर दिया, "महादेव, मेरा तो केवल एक ही स्वार्थ है आपकी भक्ति, एक ही इच्छा है आपके दर्शन, और एक ही लक्ष्य है आपके चरणों से मोक्ष की प्राप्ति। स्वार्थी तो वह है जो केवल अपने बारे में सोचते हैं। मैंने तो सदैव अपने कुल, अपने लंकावासियों की उन्नति के बारे में सोचा। सारे विश्व की भलाई के लिए आपका शिव तांडव स्तोत्र रचा, आपका परम-भक्त बना। मुझसे बड़ा योगी कोई नहीं, मुझसे बड़ा

विद्वान कोई नहीं। मैं तो एक सन्यासी हूँ जो थोड़ा इस धरती के सुखों से भ्रमित हो उठा।"

महादेव की आवाज़ में दृढ़ता आई, "अब तो सत्य बोल दो रावण।"

रावण ने उत्सुकता से अपने हाथ जोड़ लिए और उस बिंदु की ओर देखने लगा जहां से अब तक सभी प्रकट हुए थे।

कोई नहीं आया।

रावण ने चिंतित होकर कहा, "महादेव?"

महादेव की गंभीर आवाज़ फिर से गूंजी, "तुमने असत्य कहा रावण कि तुम मेरे परम-भक्त हो। मेरा परम-भक्त तो नंदी है जिसने समुद्र-मंथन में मेरे मुख से गिरे हलाहल विष को पी लिया था ताकि उस विष की एक भी बूंद धरती पर न पड़े। वह जीवित रहा क्योंकि उसकी श्रद्धा केवल और केवल मुझमें थी। आज भी वह मेरे लिंगस्वरूप के सामने अनंत ध्यान में बैठा है। तुम्हारे मेरे सबसे प्रिय होने की बात तुमने स्वयं प्रसारित की है।"

रावण ने स्वीकार करते हुए कहा, "स्वीकार है महादेव, आपका हर वचन स्वीकार है, किंतु अपने इस दर्शनार्थी को अब और मत सताइए भोलेनाथ। बस एक अंतिम बार आपके दर्शन हो जाएं और मेरे इस जीवन का भी समापन हो जाए।"

कोई उत्तर नहीं आया।

रावण ने गिड़गिड़ाते हुए कहा, "आपने ही कहा था शिव को भक्तों से प्रिय और कोई नहीं। जो सच्चे मन से आपका ध्यान करे वह कभी निराश

होकर नहीं गया। जो मांगे, सो पाए। आज आपका यह श्रद्धालु रावण, शिव तांडव स्तोत्र गाएगा जो मैंने ही लिखा था और जिससे आप खींचे चले आए थे।"

उसने उत्साह के साथ स्तोत्र का पाठ शुरू किया:

"ॐ नमः शिवाय।
जटाटवीगलज्जलप्रवाहपावितस्थले
गलेऽवलम्ब्य लम्बितां भुजङ्गतुङ्गमालिकाम्।
डमड्डमड्डमड्डमन्निनादवड्डमर्वयं
चकार चण्डताण्डवं तनोतु नः शिवः शिवम्॥१॥

(शिव की जटाओं में गंगा की धाराएँ बहती हैं, और उनके गले में बड़े साँपों की माला है। उनका डमरु 'डमड्डमड्ड' की ध्वनि करता है जब वे चण्ड ताण्डव नृत्य करते हैं। शिव, जो सदा मंगलकारी हैं, हमें समृद्धि प्रदान करें।)

जटा कटाहसम्भ्रमभ्रमन्निलिम्पनिर्झरी-
विलोलवीचिवल्लरीविराजमानमूर्धनि।
धगद्धगद्धगज्ज्वलल्ललाटपट्टपावके
किशोरचन्द्रशेखरे रतिः प्रतिक्षणं मम॥२॥

(शिव की जटाओं में बहती गंगा की जलधारा, जो गर्जना करती है, उनके सिर को सुशोभित करती है। उनके ललाट पर जलती हुई अग्नि, जो सदा प्रज्वलित रहती है, उन्हें युवा चन्द्रमा की तरह चमकदार बनाती है। मेरा हृदय इस सदा विद्यमान शिव की महिमा से मोहित है।)

धराधरेन्द्रनन्दिनीविलासबन्धुबन्धुर-
स्फुरद्दिगन्तसन्तति प्रमोदमानमानसे।
कृपाकटाक्षधोरणीनिरुद्धदुर्धरापदि
क्वचिद्दिगम्बरे मनोविनोदमेतु वस्तुनि॥३॥

(शिव का मन उस दिव्य नृत्य में आनन्दित हो रहा है, जिसे पर्वत की पुत्री पार्वती के साथ किया जाता है, जिनकी सुंदरता सभी दिशाओं को म्लान कर देती है। उनकी कृपा दृष्टि सभी कष्टों को समाप्त कर देती है। मेरा मन इस अद्वितीय दिव्य नृत्य में असीम आनन्द पाता है।)

जटाभुजङ्गपिङ्गलस्फुरत्फणामणिप्रभा-
कदम्बकुङ्मद्रवप्रलिप्तदिग्वधूमुखे।
मदान्धसिन्धुरस्फुरत्त्वगुत्तरीयमेदुरे
मनोविनोदमद्‌तं बिभर्तु भूतभर्तरि॥४॥

(शिव की जटाओं में बसने वाले नागों की फणाओं की चमक उनके मस्तक को सुशोभित करती है। उनके मुख पर कुमकुम का चन्दन शोभायमान है। उनके कपड़ों में लिपटे हुए मदान्ध गजचर्म के कंबल का सौंदर्य अद्‌त है। मेरा मन इस अद्वितीय शिव के प्रति असीम प्रेम और भक्ति से भरा हुआ है।)

सहस्रलोचनप्रभृत्यशेषलेखशेखर-
प्रसूनधूलिधोरणी विधूसराङ्घ्रिपीठभूः।
भुजङ्गराजमालया निबद्धजाटजूटकः
श्रियै चिराय जायतां चकोरबन्धुशेखरः॥५॥

(शिव, जिनके चरणों की धूल से ब्रह्मा, विष्णु और इन्द्र सहित सभी देवताओं के मुकुट धूलि-धूसरित होते हैं, जिनके सिर पर नागराज की माला बंधी हुई है, वे हमें चिरकाल तक समृद्धि प्रदान करें।)

ललाटचत्वरज्वलद्धनञ्जयस्फुरद्धनञ्जयधारिस्फुरद्धनञ्जयाक्षरप्रतिम् द्य
स्फुरद्जङ्घिप्रकाशद्वसवतम्रतामरुच्छिरःस्फुरत्क्षराक्षर द्यद्य९द्यद्य

(शिव के ललाट पर जलती हुई अग्नि, धनञ्जय की शक्ति का प्रतीक, ज्ञान का प्रकाश फैलाती है, जिससे सारा अज्ञान जल जाता है। उनके गले में स्थित सर्पराज की तेजस्वी ज्योति चारों ओर प्रकाशमान करती है।)

रथिप्रियायाः प्रियं प्रियतमं प्रियद्दशां प्रियः
स्वप्रकाशशक्तिभिः समुत्थितं सुमङ्गलाभिधम् द्य
प्रभुञ्जनीयम् प्रभुञ्जनीयम् प्रभुञ्जनीयमिति प्रभुविभुजनाय द्यद्य१०द्यद्य

(जो पार्वती के प्रियतम हैं, जो मंगलमय और अपनी दिव्य शक्ति से प्रकाशित होते हैं, वह अपनी प्रभा से संसार को आलोकित करते हैं। मेरा हृदय इस परम प्रभु के प्रति पूर्ण श्रद्धा से भरा हुआ है, जो समस्त मंगल का सार हैं।)

तवपदमन्यसंस्थुतं क्षणमयम् जपति दमापतितुः द्य
अमितोऽस्मि महासनोऽस्मि महाजनप्रिय रिपुरप्रियं
जपति दामसुचिर्जातिध्यायति हतिः द्य
नौमि चित्तवृत्तिरप्यखण्डितोऽविभ्रमः द्यद्य११द्यद्य

(क्षणभर के लिए भी, आपके चरणकमलों का ध्यान करते हुए और इस स्तोत्र का जप करते हुए, उच्चतम आध्यात्मिक फल प्राप्त होता है। यहाँ

तक कि सबसे बुरे पापी भी परिवर्तित हो जाते हैं, और सभी भय और दुख दूर हो जाते हैं। मेरा हृदय पूर्णतः बिना किसी विचलन के आपके प्रति समर्पित है।)

न नरवा दमस्त्वः प्रत्यहम् द्य
प्रत्यहम् निरवधिर्भवन्तरे द्य
यशोध्रियोऽधिकृतस्पनुत्तरम्
नौमि चित्तवृत्तिरप्यखण्डितोऽविभ्रमः द्यद्य१२द्यद्य

(हर दिन, बिना किसी विघ्न के, अटूट श्रद्धा के साथ, मैं इस स्तोत्र का जप करता हूँ। इसके साथ, मैं आपके साथ विलीन होने की उच्चतम स्थिति की खोज करता हूँ, हे शिव। मेरा हृदय सदा के लिए अडिग और आपके प्रति समर्पित है।)

श्रियः प्रीयायाः क्षिप्तं गाथावतारकः
प्रणिपततपोद्धराधितसेव्यमि
भवसुखमस्यामपि तस्यैव
तं प्रभुभावमपाव्यं शिवाष्टकम् द्यद्य१३द्यद्य

(नम्रता से प्रणाम करते हुए, तपस्या में संलग्न होते हुए, और प्रभु की सेवा करते हुए, एक सर्वोच्च आनंद प्राप्त करता है। यह शिव तांडव स्तोत्रम् भक्तों को उच्चतम आध्यात्मिक फल और अनन्त सुख प्रदान करता है।)

इति स्मार्तिनामहोडय संस्तवम् द्य
शिव कथा महाकथिपराभ्याम् द्यद्य१४द्यद्य

(इस प्रकार, रावण द्वारा रचित यह महान स्तोत्र समाप्त होता है। यह शिव तांडव स्तोत्रम् उन लोगों के लिए अत्यधिक आध्यात्मिक लाभ लाता

है जो इसे श्रद्धा के साथ जपते हैं। भगवान शिव, जो बुराई का नाश करने वाले हैं, जो नृत्य के भगवान हैं, हम सबको शांति, समृद्धि और मुक्ति का आशीर्वाद प्रदान करें।)

महादेव धीरे-धीरे सामने से प्रकट होते हैं।

रावण अत्यंत श्रद्धा से मंत्रोच्चारण करता है, "ॐ नमः शिवाय, ॐ नमः शिवाय, ॐ नमः शिवाय, ॐ नमः शिवाय, ॐ नमः शिवाय, ॐ नमः शिवाय।"

महादेव तांडव करते हैं, उनकी ऊर्जा और शक्ति की तरंगें पूरे फैल जाती हैं।

रावण आदरपूर्वक प्रणाम करता है, "कोटि-कोटि प्रणाम प्रभु।"

महादेव की आवाज़ में गंभीरता आती है, "कल्याण हो।"

रावण विनम्रता से निवेदन करता है, "मुझे आगे का मार्ग दिखाइए महादेव।"

महादेव उत्तर देते हैं, "सत्य के मार्ग पर चलकर ही मोक्ष की प्राप्ति हो सकती है।"

रावण प्रश्न करता है, "सत्य क्या है महादेव?"

महादेव गहनता से उत्तर देते हैं, "शिव ही सत्य है और सत्य ही शिव है।"

रावण ने अपनी प्रार्थना दुहराई, "मेरी आत्मा को अपने में समावेश कर लीजिए महाकाल।"

महादेव की आवाज़ में धैर्य और गंभीरता है, "मैं ही हूँ आदियोगी, आदिनाथ, आदिशक्ति। मुझसे ही आत्मा का आरंभ है और मुझमें ही अंत। चाहे

कोई रावण हो या कोई पशु-पक्षी, चाहे किसी को जलाया गया हो या गाढ़ा गया हो, सब एक दिन भस्म होकर मुझमें ही मिल जाता है। जब आत्मा शुद्ध और सारे बंधनों से मुक्त हो जाती है, तो वह परमात्मा से अपना आप जुड़ जाती है।"

रावण ने जिज्ञासा से पूछा, "आत्मा शुद्ध और बंधनों से मुक्त कैसे होती है?"

महादेव ने उत्तर दिया, "आशीर्वाद से।"

रावण ने विनम्रता से कहा, "मैं किसी भी कार्य को करने से पूर्व अपनी माता कैकसी, अपने मामा मारीच, और अपने नाना सुमाली का आशीर्वाद लेता था महादेव।"

महादेव ने एक पल रुककर पूछा, "और तुम्हारे पिता महान ऋषि विश्रवा?"

रावण चुप हो गया।

महादेव की आवाज़ में गंभीरता और बढ़ी, "मेरे पुत्र श्री गणेश की कथा तो तुमने सुनी ही होगी, किंतु लगता है उसका मूल अर्थ तुमको कभी समझ नहीं आया रावण। जब गणपति ने सारे ब्रह्मांड के बजाय मेरे और अपनी माता पार्वती के चक्कर लगाए और कहा कि संतान के लिए तो उसके माता-पिता ही पूरा ब्रह्मांड हैं, तो अत्यंत प्रसन्नता से उन्हें यह वरदान मिला कि जब भी कोई पूजा-अनुष्ठान किसी भी कार्य के लिए किया जाएगा तो सर्वप्रथम उसका गणेश वंदना से प्रारंभ और गणेश आरती से उद्यापन किया जाएगा, अन्यथा वह कैसा भी शुभ कार्य हो, कभी सफल नहीं होगा। इस कथन का एकमात्र अर्थ है - जिस कार्य में आपके माता-पिता दोनों

का साथ वा आशीर्वाद नहीं, वह कार्य तो क्या जीवन ही व्यर्थ है। इस वाक्य में कदाचित कोई संदेह नहीं।"

रावण ने दुखी होकर कहा, "महादेव, मेरे पिता मेरे साथ नहीं रहते थे।"

महादेव ने समझाया, "माता-पिता बच्चों के साथ नहीं, बच्चे माता-पिता के साथ रहते हैं। तुम कितने ही बड़े राजा क्यों न हो, उनके लिए तो पुत्र ही रहोगे। एक राक्षस ही स्वयं सोने की नगरी में रहते हुए अपने वृद्ध पिता को आश्रम में रहने दे सकता है। यदि उस समय तुम उनसे क्षमा मांग लेते तो आज मुझसे क्षमा मांगने की आवश्यकता न पड़ती रावण।"

रावण ने अपना सिर झुका लिया, "मैं अपनी शक्तियों और सफलता में व्यस्त हो गया था महादेव। तीनों लोकों में विजय की कामना करने में यह भूल गया था कि स्वर्ग तो माता-पिता के चरणों में ही है।"

महादेव की आवाज़ में शांतिपूर्ण दृढ़ता थी, "वस्तुओं से प्रेम ने तुम्हें वास्तविकता से दूर कर दिया रावण। तुम तीनों लोकों में विजय पा सकते थे किंतु त्रिलोकनाथ तो मैं ही हूँ। तुम्हारे पास शक्तियाँ तो बहुत थीं, पर वह सारी मेरी ही देन थीं। इसलिए जब तुमने सीताहरण के समय जटायु पर चंद्रहास से प्रहार किया तो मैंने वह तलवार तुमसे ले ली क्योंकि वह कार्य अनैतिक था जो एक अर्ध-ब्राह्मण को शोभा नहीं देता।"

रावण ने स्वीकार करते हुए कहा, "मैंने तो कैलाश पर्वत को अपने हाथों से उठाने का भी अशोभनीय कार्य किया था महादेव। आपने अपने पैर के एक अंगूठे से मुझे कैलाश पर्वत के नीचे ही दबा दिया। उस दिन मुझे ज्ञात हुआ कि आपसे बड़ी शक्ति कोई नहीं और सारी शक्तियों की

उत्पत्ति आप से ही है। फिर मैंने शिव तांडव स्तोत्र की रचना की और अपनी अंतड़ियों से एक वीणा बनाई और आपके लिए वह स्तोत्र गाया। उसी से प्रसन्न होकर आपने मुझे कई वरदान दिए थे महादेव।"

महादेव ने संयमित आवाज़ में कहा, "तुम कैलाश को क्या उठाते रावण, तुम तो शिवधनुष भी नहीं उठा पाए थे। वरदान तुम्हारी भक्ति को देखकर दिए थे, शक्ति को देखकर नहीं। सब हाथ जोड़कर भक्ति करते हैं शक्ति पाने के लिए, परंतु शक्ति पाते ही भक्ति करना और हाथ जोड़ना दोनों भूल जाते हैं।"

रावण ने स्मरण करते हुए कहा, "वरदान के साथ-साथ आपने इस दशग्रीव को एक नाम भी दिया था महादेव। जब मेरे हाथों की उंगलियाँ कैलाश पर्वत के नीचे दब गईं तो मैं पीड़ा से कराहा। तब आपने कहा कि मेरी वाणी से तीनों लोकों में कंपन हो गया और आज से मुझे रावण के नाम से संबोधित किया जाएगा जिसका अर्थ है शेर की भांति दहाड़ने वाला।"

महादेव ने स्पष्टीकरण देते हुए कहा, "तुम उस समय तक यह भी नहीं जानते थे कि भोले शंकर कौन हैं। फिर मुझसे भेंट के पश्चात ही तुम्हारे मुख पर महादेव का नाम एक मंत्र जैसे चढ़ गया।"

रावण ने ध्यानपूर्वक कहा, "मैंने आपसे प्रार्थना की कि आप मेरे साथ लंका चलें और आपने अपना आत्मज्योतिर्लिंग मुझे प्रदान कर दिया था।"

महादेव ने समझाया, "हर स्थापित शिवलिंग से मैं ही जुड़ा हूँ। शिवलिंग से की गई हर प्रार्थना मैं सुनता हूँ और शिवलिंग पर चढ़ाई गई हर सामग्री मुझ तक पहुँचती है।"

रावण ने विनम्रता से कहा, "इसीलिए महादेव जब मुझे ज्ञात हुआ कि हलाहल विष पीने से आपका कंठ नीला पड़ गया है, उस विष की तीव्रता को घटाने के लिए मैं कांवड़ लेकर गंगाजल लाया और आपका जलाभिषेक किया। उस दिन से कांवड़ यात्रा की प्रथा भी चल पड़ी।"

महादेव की आवाज़ में सौम्यता थी, "तुम्हारी भक्ति और तुम्हारे ज्ञान से मैं प्रसन्न हूँ रावण। इसलिए मैंने तुम्हें अभी दर्शन दिए।"

रावण ने घड़ा उठाया और उसे महादेव के चरणों के पास रखा।

रावण ने विनम्रता से कहा, "बस भगवान अब मुझे मोक्ष प्रदान करके इस जीवन-मरण के चक्रव्यूह से मुक्त कर दीजिए।"

महादेव की आवाज़ में गूढ़ता आई, "तुम्हारी यह इच्छा तो केवल श्री राम ही पूरी कर सकते हैं।"

रावण ने प्रश्न किया, "परंतु महादेव, आप ही तो राम के ईश्वर हैं?"

महादेव ने रहस्यपूर्ण ढंग से उत्तर दिया, "मुझसे पूछा गया कि मेरे पिता कौन हैं, मैंने बताया ब्रह्मा ही मेरे पिता हैं। मुझसे पूछा गया कि मेरे पितामह कौन हैं, मैंने बताया विष्णु ही मेरे पितामह हैं। फिर मुझसे पूछा गया कि मेरे परपितामह कौन हैं, तो मैंने कहा मैं ही अपना परपितामह हूँ। राम के जो ईश्वर हैं और राम जिसके ईश्वर हैं, वही रमेश्वर हैं।"

महादेव ने अपने चरणों से घड़ा फोड़ दिया और जाने लगे। रावण ने उन्हें रोका।

रावण ने पुनः निवेदन किया, "महादेव अब तो मेरे सारे महादोषों का अंत हो गया है, अब तो मुझे मुक्ति प्रदान करें।"

महादेव ने गंभीरता से कहा, "नहीं रावण, अभी तुम्हारा अंतिम शीश शेष है।"

रावण ने चौंककर पूछा, "कहाँ?"

महादेव ने मुड़कर रावण के सिर की ओर संकेत किया, "यह रहा। तुम्हारा सबसे बड़ा महादोष अहंकार।"

रावण ने विस्मित होकर कहा, "अहंकार महादेव? मैंने तो अपने शीश काटकर आपके यज्ञ में चढ़ाए थे।"

महादेव ने समझाया, "अहंकार केवल बुद्धि या हृदय में नहीं, मनुष्य की आत्मा में भी समा जाता है। यह सिर फोड़ने से उजागर नहीं होगा। तुम्हें अपनी आत्मा से भी अहंकार को निकालना पड़ेगा।"

रावण ने असमंजस में पूछा, "वह कैसे संभव है महादेव?"

महादेव ने अपने गले से एक रुद्राक्ष की माला निकाली और रावण के गले में डालते हुए कहा, "प्रमाणित रुद्राक्ष को धारण करने से एक हजार गौदान जितना पुण्य मिलता है। अब इस पुण्यात्मा के पुकारने पर तो राम अवश्य आएंगे।"

रावण ने हाथ जोड़कर महादेव को प्रणाम किया और महादेव चले गए।

अहंकार का महापाप और मर्यादा पुरषोत्तम श्री राम

12

अहंकार का महापाप और मर्यादा पुरषोत्तम श्री राम

रावण ने अभी भी अपने अहंकार से भरे हुए स्वर में कहा, "राम। राम। राम।"

धरती के नीचे से राम प्रकट हुए और दृढ़ता से कहा, "मैं हूँ इक्ष्वाकु राजवंश के राजा दशरथ और माता कौशल्या, माता कैकयी, और माता सुमित्रा का पुत्र रामचन्द्र।"

रावण ने चौंककर कहा, "तुम्हारी तीन माताएँ हैं?"

राम ने उत्तर दिया, "मेरी तो माँ शबरी भी माता है। वो सभी जिन्होंने मुझे प्रेम दिया, भोजन दिया, आशीर्वाद दिया - सब मेरी माताएँ ही तो हैं।"

रावण ने कटाक्ष करते हुए कहा, "और मेरी बहन शूर्पणखा, उसके नाक-कान काटते समय तुम्हें लज्जा नहीं आई राम?"

राम ने धैर्यपूर्वक उत्तर दिया, "जैसी करनी वैसी भरनी सब विधि से पाए, बीज बोए बबूल का तो आम कहाँ से खाए। अपने मन से अहंकार हटा कर देखो रावण, तुम्हें विधि का लिखा सब स्पष्ट दिख जाएगा।"

रावण ने गुस्से में कहा, "विधि का लिखा, हाँ? विधि में तो यह भी लिखा था कि मुझ महाबली को हराने स्वयं नारायण को अवतार लेना पड़ेगा।"

राम ने सहमति में सिर हिलाते हुए कहा, "हाँ रावण, मैं भगवान विष्णु का सातवाँ अवतार बनकर तुम्हें श्रापों से मुक्त करने आया तो था, किंतु इस अवतार को भी महाविष्णु को मिले एक श्राप को भोगना पड़ा।"

रावण ने संदेह से पूछा, "वो कैसे?"

राम ने विस्तार से कहा, "एक बार भगवान शिव के तीसरे नेत्र से आक्रोश की अग्नि प्रकट हुई, जिसे भोले शंकर ने समुद्र में छोड़ दिया। उससे एक शिशु उत्पन्न हुआ जिसे ब्रह्मदेव ने अपनाया और नाम दिया जलंधर। जलंधर में भगवान शिव का अंश था और ब्रह्मदेव की शक्तियाँ, जिससे वह देवताओं पर अत्याचार करने लगा। फिर जलंधर का विवाह हुआ वृंदा से, जो एक पवित्र पतिव्रता नारी थी और जो अपने पति की दीर्घायु के लिए निरंतर व्रत रखती थी। एक दिन जलंधर ने माता पार्वती को हरने का प्रयास किया, जिससे महादेव क्रोधित हो उठे और उनके बीच एक घमासान युद्ध छिड़ गया। कुछ क्षणों में समस्त देवताओं को यह आभास हो गया कि जलंधर की मृत्यु तब तक नहीं हो सकती जब तक उसकी पत्नी वृंदा का व्रत टूट नहीं जाता। भगवान विष्णु जलंधर के रूप में वृंदा के समक्ष गए और वृंदा ने उन्हें स्पर्श कर लिया, जिससे वृंदा की पवित्रता भंग हो गई और जलंधर का वध हो पाया। इस पीड़ा में देवी वृंदा ने महाविष्णु को श्राप दिया - जैसे आपने छल से मुझे मेरे पतिदेव से दूर कर दिया है, वैसे आप भी अपनी पत्नी से छल से दूर हो जाओगे। जैसे आज मेरे नेत्रों से नीर प्रवाहित हो रहा है, वैसे आप भी अपनी भार्या के लिए नीर बहाओगे और उन्हें देखने के लिए दर-दर भटकोगे। और जैसे मुझ जैसी पवित्र नारी की पवित्रता आपने भंग की है, एक दिन आपकी पत्नी

की पवित्रता पर भी लांछन लगेगा। इसीलिए रावण, तुम यह कह सकते हो कि तुमने भी परनारी को हरके जो महापाप किया वह विधि में पहले से ही लिखा हुआ था।"

रावण ने क्रोध से कहा, "विधि का लिखा नहीं, तुमसे क्रोध में आकर मैंने यह सब किया राम।"

राम ने उसे शांतिपूर्वक समझाते हुए कहा, "क्रोध से मैं भी वंचित नहीं रहा रावण। मुझे भी एक बार क्रोध आया किंतु उसका आधार प्रेम और सम्मान था। जब माता कैकयी ने पिताजी से उनके दिए वचनों को पूरा करते हुए भरत को राज्य और मुझे चौदह वर्ष का वनवास देने को कहा, तो अपने हृदय में तनिक क्रोध लेकर मैंने माता कैकयी के चरण स्पर्श किए और कहा कि पिताजी से क्यों, यदि आप यह बात मुझसे कह देतीं तो इसे अपनी माता का आदेश मानकर मैं स्वयं ही भरत को राजा बना देता और सदा के लिए वनवास भोगने चला जाता।"

रावण ने अविश्वास से पूछा, "अपने अनुज के लिए तुम सारा राज-पाठ छोड़ देते?"

राम ने धैर्य से उत्तर दिया, "भरत आया था वन में मुझे अयोध्या ले जाने के लिए, किंतु मैं अपने पिता के वचनों में बंधा था। उसने कहा कि वह माता कैकयी से आजीवन बात नहीं करना चाहता क्योंकि माता कैकयी की कूटनीति से ही पिताजी का देहांत हो गया। तो मैंने उसे समझाया कि जो माता ने उसके लिए किया वह उचित है और कोई भी माँ अपने पुत्र को राजा बनते देखने की मनोकामना करेगी। भरत और मुझे दोनों को अपने

स्वर्गवासी पिताजी की आज्ञा और वचनों का पालन करना चाहिए, अर्थात उसे राज्य-पाठ संभालना चाहिए और मुझे वनवास काटना चाहिए।"

रावण ने गुस्से से पूछा, "यह सब केवल एक वचन के लिए?"

राम ने दृढ़ता से उत्तर दिया, "यह हमारे संस्कार हैं, जो हमें हमारे पिताजी से ही मिले हैं। उन्होंने भी राजा रोमपद और उनकी पत्नी वर्शिनी, जो माता कौशल्या की ही बहन थीं, उन्हें निसंतान देख यह वचन दिया था कि माता कौशल्या से जन्मी पहली संतान वे उन्हें दे देंगे। फिर मेरी बड़ी बहन शांता का जन्म हुआ, जिसे स्नेहपूर्वक उन्होंने राजा रोमपद और रानी वर्शिनी को दान दे दिया।"

रावण ने आश्चर्य से कहा, "अपनी पुत्री एक निसंतान दंपति को दे दी, ऐसा परम पुण्य किया राजा दशरथ ने, फिर भी अपने पुत्र के वियोग के शोक में असमय मृत्यु को प्राप्त हो गए।"

राम ने गंभीरता से कहा, "यह भी विधि में ही लिखा था रावण। एक बार वह वन में शिकार कर रहे थे। उन्हें झाड़ियों के पीछे से एक मृग के पानी पीने की ध्वनि सुनाई दी। उन्होंने बाण चला दिया, परंतु वहाँ से एक युवक के कराहने की वाणी आई। उन्होंने जाकर देखा वहाँ कोई मृग नहीं बल्कि एक युवक सरोवर से पानी भर रहा था। पिताजी ने उसका परिचय पूछा तो उसने मरते-मरते बताया कि वह श्रवण कुमार है और अपने नेत्रहीन वृद्ध माता-पिता को तीर्थ यात्रा कराने निकला था। पिताजी उसके माता-पिता के पास गए और सारी कथा का वर्णन दिया। तब वही श्रवण कुमार के माता-पिता ने पिताजी को श्राप दिया कि जैसे वे अपने

युवा पुत्र से बिछड़कर शोक-अग्नि में मर रहे हैं, वैसे ही राजा दशरथ भी एक दिन अपने पुत्र से बिछड़कर शोक से मारे जाएँगे।"

रावण ने अंतर्दृष्टि में कहा, "तो हम यह कह सकते हैं कि हमारे जीवन की डोर एक ही परमात्मा के हाथ में थी।"

राम ने सहमति में सिर हिलाते हुए कहा, "डोर एक थी पर मार्ग भिन्न थे। तुम छल से साधु वेश में आए और सीता को हर लिया। अगर तुम्हें मुझसे आक्रोश था तो एक योद्धा की भांति आते और सामने से युद्ध करते। ऐसे यदि मैं वीरगति को भी प्राप्त हो जाता तो मुझे अत्यंत संतोष ही होता। मैं तो हनुमान को आज्ञा देकर सीता को एक ही क्षण में लंका से ले आता या फिर राजा बाली से सहायता मांगता और वह तुम्हें बड़ी सरलता से पराजित कर देते, किंतु मैंने क्षत्रिय धर्म निभाया और शत्रु से नीति पूर्वक युद्ध किया।"

रावण ने क्रोध में कहा, "नीति की बात वह कर रहा है जिसने मेरे देशद्रोही भाई से हमारे सारे रहस्य जाने और फिर विजय प्राप्त की। घर के भेदी ने लंका ढाई है राम, नहीं तो रावण को पराजित करना असंभव था, असंभव।"

राम ने शांतिपूर्वक उत्तर दिया, "यह युद्ध धर्म और अधर्म के बीच की थी रावण। विभीषण साथी नहीं शरणार्थी बनकर आए थे। मेरा लक्ष्य तो केवल अपनी सीता को सुरक्षित ले जाने का था। इसलिए तुम्हारे मरणोपरांत मैंने लंकापति विभीषण को नियुक्त किया जिससे वह लंका में फिर से धर्म की स्थापना कर सकें। वैसे ही मैंने राजा बाली के वध के

पश्चात किष्किंधा का राजा सुग्रीव को बनाया। मुझे किसी सिंहासन का लोभ नहीं।"

रावण ने विस्मय से पूछा, "यह सब करके तुम क्या सिद्ध करना चाहते हो राम?"

राम ने दृढ़ता से उत्तर दिया, "यही कि जिस लक्ष्य से श्री हरि ने हमें धरती में जन्म दिया है, हमें उस लक्ष्य से कभी नहीं भटकना चाहिए। तभी हमें पूर्ण मोक्ष की प्राप्ति होती है। मेरा जन्म एक मर्यादा पुरुषोत्तम के रूप में हुआ और उसी आधार को मैंने आजीवन निवर्तित किया। वह सीता का अपराध था कि अपने देवर के मना करने पर भी वह लक्ष्मण रेखा लांघ गई। वह अपने पत्नीधर्म से क्षण भर के लिए भटकी और फिर उसे इतना दुख झेलना पड़ा, किंतु मैं अपने पतिधर्म से एक क्षण के लिए भी नहीं भटका और अंततः तुम जैसे महाशक्तिशाली से भी विजयी हुआ। अपने काम, क्रोध, मोह, लोभ, ईर्ष्या, घृणा, भ्रम, भय, स्वार्थ, और अहंकार को भूलकर जो परमार्थ मार्ग पर चलता है, वही पुरुषोत्तम कहलाता है।"

रावण ने विनम्रता से कहा, "भगवान, आप ही साक्षात नारायण हो, आप ही सनातन हो। मैं कितना भाग्यशाली हूँ कि मेरे महापापों को मिटाने स्वयं महाविष्णु ने नर-अवतार लिया। मैं अपनी शक्तियों के अहंकार में नेत्रहीन हो गया था भगवान जो आपको पहचान न सका और अपने जीवन के मार्ग से भटक गया।"

राम ने संतोषपूर्वक कहा, "तुमने भी अपने इस जीवन के लक्ष्य को भली-भांति निभाया रावण। तुम्हारा जन्म ही अपने पूर्व जन्म के कुकर्मों के

फलों को भोगने के लिए हुआ था। तुमने भी मुझसे शत्रुता अत्यंत तीव्रता से की। शत्रु बनकर ही सही तुम्हारे मुख में दिन-रात राम का ही नाम रहा। राम का नाम लिखने से तो पत्थर भी तैरने लगते हैं, तुमने तो राम नाम अंगिनत बार जपा है। तुम्हारा भी जीवन सफल ही समझो।"

रावण ने दुःखपूर्वक कहा, "आपका नाम मैंने सदैव क्रोध और आक्रोश में हीन भावना से लिया है प्रभु। मुझे मरने के बाद यह ज्ञान हुआ कि पूरे ब्रह्मांड में केवल एक ही नाम सत्य है - राम नाम सत्य है।"

राम ने स्मरण करते हुए कहा, "रावण, तुम्हारे महाज्ञानी होने का स्मरण मुझे भी था इसलिए तुम्हारे वध के पश्चात मैंने लक्ष्मण को तुम्हारे पास भेजा। कहो तुमने उसे क्या बताया।"

रावण ने गंभीरता से कहा, "मैंने शेष-अवतार लक्ष्मण को पाँच उपदेश दिए - पहला - शुभ कार्य को जितना शीघ्र हो सके करना चाहिए और अशुभ कार्य को जितना हो सके विलंब करना चाहिए; दूसरा - अपने शत्रु या रोग को कभी दुर्बल न समझो, यह किसी भी समय आपको क्षति पहुँचा सकते हैं; तीसरा - यह मत सोचो कि तुम सदैव विजयी रहोगे, चाहे तुम हर बार जीत रहे हो; चौथा - भगवान से प्रेम करो या शत्रुता, पर दोनों ही भावनाएँ तीव्र होनी चाहिए; और पाँचवा - अपने रहस्य कभी भी किसी को मत बताओ चाहे वह आपका कितना भी विशेष हो। और हाँ, एक बात मेरे कहे बिना ही लक्ष्मण सीख गए कि ज्ञान लेने के लिए सिर के पास नहीं, चरणों के पास बैठा जाता है।"

राम ने प्रशंसा की, "अति उत्तम। हमारी यह महागाथा कागभुशुण्डि सृष्टि के अंत तक सुनाते रहेंगे।"

रावण ने करुणा से कहा, "मेरे भगवान, मैं शरीर तो त्याग ही चुका हूँ, अब मेरी इस तुच्छ आत्मा को भी आशीर्वाद देकर मोक्ष प्रदान करें।"

राम ने गम्भीरता से कहा, "विभीषण ने तुम्हारा अंतिम संस्कार करने से मना कर दिया और तुम्हारे पार्थिव शरीर को नाग कुल के लोग ले गए। फिर तुम्हारा एक पुतला बनाया गया और उसे जलाया गया ताकि वह एक दिन धर्म और सत्य की जीत का प्रतीक बन सके।"

रावण ने विनम्रता से कहा, "तो फिर मेरा यह अंतिम शीश फोड़कर मुझे मुक्ति दें परमेश्वर।"

राम ने समझाया, "अहंकार शीश में नहीं मनस में होता है रावण। वह तभी समाप्त किया जा सकता है जब वह पूरी तरह प्रकट हो। जाओ और अपने विराट अहंकारी दशानन रूप में आओ, तभी तुम्हारे इस जन्म में पूर्णविराम लग पाएगा।"

रावण ने सिर झुकाकर कहा, "जो आज्ञा प्रभु। मेरी एक अंतिम प्रार्थना स्वीकार करें - मेरे ही कारणवश आपका और माता सीता का अलगाव हुआ था और मेरा यह अनुरोध है कि मैं जब आऊँ, तो आप दोनों को एक साथ देखूं।"

राम ने उत्तर दिया, "तथास्तु।"

रावण ने विनम्रतापूर्वक प्रणाम किया और फिर छाया में चला गया।

राम ने आगे की और संकेत करते हुए कहा, "देखो, हनुमान और लक्ष्मण मेरी सिया को अशोक वाटिका से लेकर आ गए हैं।"

सीता, लक्ष्मण, और हनुमान आते हैं।

श्री हनुमान की आवाज गूंजी,

“मंगल भवन अमंगल हारी, द्रवहु सुदसरथ अचर बिहारी, राम सिया राम सिया राम जय जय राम।

(शुभ निवास, अशुभ को हरने वाला, जिसने राजा दशरथ के दुःख को समाप्त किया, श्रीराम की जय। श्रीराम की जय।)

होइहै वही जो राम रचि राखा, को करि तरफ बढ़ाय साखा, राम सिया राम सिया राम जय जय राम।

(जो कुछ भगवान राम ने तय किया है वही होगा, उसें कौन बदल या रोक सकता है? श्रीराम की जय।)

धीरज धर्म मित्र अरु नारी, आपद काल परखिये चारी, राम सिया राम सिया राम जय जय राम।

(धैर्य, धर्म, मित्र और नारी, इन सबकी परीक्षा संकट के समय होती है। श्रीराम की जय।)

जेहि के जेहि पर सत्य सनेहू, सो तेहि मिलय न कछु संदेहू, राम सिया राम सिया राम जय जय राम।

(जिसका जिस पर सच्चा प्रेम है, वह उससे अवश्य मिलेगा, इसमें कोई संदेह नहीं है। श्रीराम की जय।)

जाकी रही भावना जैसी, प्रभु मूरति देखी तिन तैसी, राम सिया राम सिया राम जय जय राम।

(जैसे किसी की भावना होती है, उसे वैसे ही भगवान राम की छवि दिखती है। श्रीराम की जय।)

रघुकुल रीत सदा चली आई, प्राण जाए पर वचन न जाई, राम सिया राम सिया राम जय जय राम।

(रघुकुल की परंपरा सदैव रही है कि वे अपने प्राण त्याग सकते हैं लेकिन अपना वचन नहीं तोड़ सकते। श्रीराम की जय।)

हरि अनंत हरि कथा अनंता, कहहि सुनहि बहुविधि सब संता, राम सिया राम सिया राम जय जय राम।

(अनंत भगवान की कथाएँ भी अनंत हैं, सभी संत अनेक प्रकार से इन्हें कहते और सुनते हैं। श्रीराम की जय।)

रावण अपने पूर्ण युद्ध-वेशभूषा में, दस सिर, चंद्रहास तलवार, और उस विशिष्ट महाशक्ति के साथ प्रस्तुत होता है। वह अपनी महाकाय हंसी के साथ प्रकट होता है। राम और रावण के बीच युद्ध शुरू हुआ। राम अंततः अपने बाण को ऊर्जा से भरते हैं और उसे रावण की नाभि में छोड़ते हैं।

रावण परम आनंद से बोलता है, "जय श्री राम। जय श्री राम। जय श्री राम।"

रावण गिर पड़ता है।

राम, सीता, लक्ष्मण और हनुमान सामने आकर खड़े हो जाते हैं, उनके ऊपर पुष्प वर्षा होती है।

अंत